木皿食堂④

毎日がこれっきり

木皿泉

双葉社

木皿食堂4

毎日がこれっきり

目次

Ⅰ

嘘偽りなく生きてゆく場所 ――エッセイ

Ⅱ

ぴったりの言葉なんて見つからない ――対談

カバー写真　川島小島
『おはようもしもしあいしてる』所収
ブックデザイン　高瀬はるか

Ⅰ

嘘偽りなく生きてゆく場所

エッセイ

木皿食堂

私らしい花束

友人たちからお花をいただいた。花屋で私の人となりを説明して、花束をつくってもらったのだという。あまり見たことのない、おおぶりの紫や黄色の花がぎっしり詰まっていて豪華だった。へぇ、私ってこんな感じなのかとびっくりした。

ＯＬをしているとき、後輩から「先輩はマイナーだから」と言われて、戸惑ったことがある。当然のようにそう言われてしまうと、自分でも、そうなんだろうとＯＬ時代を過ごしてきた。しかし、よく考えると、テニス部やスキー部、アートフラワー部、着物着付け部、編み物部の部長をさせられ、会社のイベントには何かしら引っ張り出されてきた私が、何でマイナーなんだと納得がゆかない。

花束をくれたのは、高校の美術部で一緒だった友人たちなのだが、彼女たちは私が美術部の部長だったことを、誰一人覚えていなくて愕然《がくぜん》としたことがある。けっこう苦労したのになあと思う。

高校三年のとき、誰もやりたくない文化祭委員を押しつけられたことも、誰も覚えていないだろう。クラスのみんなはてんでバラバラで、言うこともめちゃくちゃで、多数決でなんとか屋台に決まった。焼きトウモロコシとタコ焼きとジュースを売ることになった。そう決まったものの、まともに調理できる生徒などおらず、当時はまだカセットコンロなどなく、結局、七輪《しちりん》で焼くことになり、当日はあちこちで「わっ焦げた」と大騒ぎだった。それだけでも大変だったのに、誰かが売り上げをごまかして、クラスで打ち上げパーティーをやろうと言い出したので、私は裏帳簿も作成しなければならなかった。

もう一人の文化祭委員である男子は、見事に何もしてくれなかったが、打ち上げの会場として自宅の庭を開放してくれた。そこは驚くほど広く、芝生が敷きつめられていて、みんなのテンションは上がった。何を食べて、どんなゲームをしたのかまったく覚えていない。そこで中心になっていたのは私ではないからだ。トウモロコシやタコ焼きを焼いていた子たちでもなかった。文化祭の間中、これという仕事もせず、わいわい騒いでいた子たちだった。そのとき、私はなんだか割り切れないものを感じた。

しかし、脚本家というテレビの裏方の仕事をするようになると、少し考えが変わった。テレビの中は、わいわい言っている人たちばかりが集まっている場所で、それもひとつの才能だとわかったからである。無責任なことを言っているように見えるタレントでも、それを続けるのは並大抵のことではない。そういうのを見ていると、つくづく、人には役割というものがあるのだなあと思う。

ＯＬのとき、後輩に言われたとおり、私はマイナーだったのだろう。化粧もせず、髪もぼさぼさで他のＯＬに合わせることは、ある時から諦めていたからである。人に合わせて、数をたくさん取るのがメジャーだとするなら、私は圧倒的にマイナーだ。しかし、メジャーになるということに、あまり魅力を感じない。そんなことより、まわりがうまく回っていくことの方が、はるかに大事だと思うようになった。と言うと、負け惜しみだと言われるだろうか。

ダンナいわく、私たちは「マイジャー」であるらしい。脚本家は裏方の仕事だが、ドラマの終わりに流れるクレジットタイトルは、けっこういい場所に名前があったりする。マイナーに見せかけたメジャーなのだそうだ。

私が友人たちからもらった花束は、ドラマの収録が終わった女優さんがもらうような、バラやらカサブランカやらが入ったようなものではなかった。名前の知らない花ばかりだったが、どれも存在感があって、長く咲き続けた。そうか、こんな花束みたいであれ、と言われているのかと思う。私らしさというのは、こちらができることだけをやり続けていると、外から決めてくれるものらしい。

（神戸新聞　２０１８・１・７）

リボン

家に赤くて丸いプラスチックの空き箱がある。蓋《ふた》はきらびやかなダイヤモンドカットになっていて、中にセーラームーンのチョコが入っていた。私は、そこに手土産でいただいたクッキーやチョコにかけられていたリボンをくるくる巻いて、しまっていた。

ある時、お客さんが、あやまってその箱を落としてしまった。中から色とりどりのリボンが、いくつも舞いながら落ちてゆくのを見て、そこにいた女性たちがいっせいに、「まぁ」とため息のような声を上げた。リボンを取っておくという行為そのものも乙女っぽかったからか、大人の女の人が遠くに置き忘れたものを思い出したような声だった。

自分にご褒美というコトバがある。日常的に買う物と、ご褒美として買う物の何が違うのかというと、おそらくリボンをかけてもらうかどうかなのではないかと思う。無駄なことだが、思い切って自分用の買い物にリボンをかけてもらうと、たとえ買い替える時期にきていたので購入しただけの財布でも、なにやら新しいことが始まるような気がしてしまう。リボンは、いくつになっても最強なのである。

私の中学校はセーラー服だった。えりにふわりと結ばれた白いリボンが憧れだったが、うちの制服のリボンはナイロン製で、汚れには強かったが、ふんわりとはほど遠く、しかも、結ぶのではなく、差し込むタイプのものでがっかりだった。

当時、私立の中学に行っていた妹もセーラー服だったが、こちらは絹製で、しかも結ぶタイプのものだった。光沢があって見るからに上等だったが、悲しいことに結ぶとくたっとなってしまうので、これもまた、ふんわりと結ばれたリボンにはならなかった。私の理想のセーラー服は、少女マンガの中の登場人物だけだったようだ。

だからなのか、先日、年齢に合わない大きなリボンのついたスニーカーを買ってしまった。しかも色は真っ白で、待ち合わせた友人は、私の足元を見るなり、「わっ、すぐ汚れそう」と叫んだ。たしかに、リボンの幅は広く、素材はいかにも泥水をたっぷり吸い込みそうなものだった。

この靴を買った頃、私はずいぶん落ち込んでいた。知人から、長い間、ひどいことをされ続けていたのを知ったからだ。前は空気を吸うように人を信じられたのに、その頃は、そんな簡単なことができなくなっていた。私は気がつくと地面ばかり見て歩いていた。

なので、思い切って大きなリボンのついた靴を買ったのだった。友人が叫んだとおり、新品のときより、少しリボンは黒ずんだように見える。しかし、私は、それを見てほっとなる。どんなことも、そのままの状態であり続けることなんてない、と教えてくれるような気がしたからだ。この靴を買ったばかりの落ち込んでいた頃が、今は遠い昔のことのように思える。何をそんなに、深刻に考えていたのだと、過去の自分を笑える余裕も今はある。

セーラームーンの赤い箱にしまっていたリボンは、友人にお菓子のおすそ分けをする時に、袋の口をきゅっと結ぶのに使ったりしている。あげた人もまた、このリボンを取っておいて、誰かのプレゼントに使ったりするのかもしれない。そう考えると、リボンが蝶々《ちょうちょ》に見えてきて、有名な童謡のように、人から人へ、移りながら飛んでゆくもののようだなあと思う。

かつて、私のためにリボンを結んでくれた、たくさんの人の指先を思い出す。母や友人や先生、一緒に仕事をした人、一回しか会わなかった人、まだ上手にできなかった私のかわりに結んでくれた、今はもう忘れてしまった人たち。そんな無数の指を、頭の中でめぐらせていると、人が怖かった自分がバカみたいに思えてくる。

（神戸新聞　２０１８・２・11）

大丈夫ですか

瀕死《ひんし》の状態であるのに、そうと見えないものがたくさんある。ふつうに街を歩いている人が、もしかしたらギリギリの状態であるかもしれないのに、私たちはそれを見逃してしまう。それが、かなり親しい人であったとしても、そうかもしれない。

エレベーターに乗っていると、大量の荷物を抱えた宅配便の人が入ってきた。私は、一階で大丈夫ですか、と聞く。つまり、他の階で降りるのならボタンを押してあげますよ、という意味である。一階で大丈夫です、と宅配のお兄さんが答える。いつからだろう、こんな時に「大丈夫ですか」などと聞くようになったのは。ちょっと前までは、そんな会話を聞くと、なんだか大げさだなと思ったりしたが、今は「大丈夫ですか」と言ったり言われたりするのを聞くと、ちょっとほっとした気持ちになる。

大丈夫だと思い込んでいたものが、突然、ぽっきりと折れるのは、けっこうショックである。先日、有名な男優さんが亡くなってしまって、まったく関係のない母までもが衝撃を受けていた。心臓が原因だったらしいが、本人は腹痛を訴えていたという。

実は私も、それとよく似た症状を起こしたことがある。心臓がいやにドキドキしていて、なのに痛いのは腹の方で、風呂から出てすぐにアイスを食べたのが悪かったのかと思うのだが、今までにない強い痛みで、私はたまらず床に転がってしまった。ダンナは寝返りもうてない障がいを持っているので、そんな私の様子にただただ不安がる。しかたがないので、救急車を呼んでもらった。呼んでしばらくすると、症状がおさまってゆく。えーッ、もうすぐ救急車来るのにどうしよう、と私は焦った。結局、救急隊が来てくれた時には、ほぼおさまってしまい、それでも何がどうなっているのか動転していた私は、近所の病院まで運んでもらったのだが、そこの医者に、きわめて健康です、と断言されてしまった。私は、狐《きつね》につままれたような気持ちで歩いて帰った。

今まで経験したことのない痛みに、私の不安はピークに達していたのだろう。痛みそのものより、経験したことのないものが波のように押し寄せることの方が、はるかに不安だった。たぶん、救急車を呼んだことで、私の体は平常へ向かっていったのかもしれない。誰かに助けてくださいという、それだけのことで助かることもあるのかもしれない。

ずいぶん前になるが、突然、大きな本屋がつぶれてしまった。私はほぼ毎日、そこに出かけていた。深沢七郎の全集が欲しかったが、荷物が多かったので明日買おうと決めてそのまま帰った。次の日、その本屋に行くと、シャッターが下りていて、倒産しましたという貼り紙がはられていた。そういえば、その店のレシートは、どんどん薄く小さくなっていた。あれは経費節減だったのだろうか。

それから、ほかの書店で深沢七郎を見かけるたびに、買おうと思うのだが、買えずにいる。店がつぶれる前に急いで買っているような気持ちになるからだ。私が深沢七郎を買わない限り、その書店は大丈夫だと、私は勝手に思い込んでいるのである。

今、出版業界は瀕死の状態なのかもしれない。ネットの時代に、紙は重くてかさばる。流通に手間がかかり、そのぶん値段も高くなる。スマホひとつでどんな情報も手に入る時代だ。競争に負けたものは、そのうち消えてしまうのが今の世の習いだ。私が、深沢七郎を買わなくても、そうなってしまうだろう。

先月、私たちの新刊本『木皿食堂3　お布団はタイムマシーン』（双葉社）が出た。ここで連載しているエッセイ等をまとめたものだ。新しい本を知人に手渡すと、まるでぴかぴかの一年生のランドセルをさわるように、嬉しそうな顔をしてやさしくなでてくれる。その様子を見ていると、やっぱり本はいいなと思う。

何の根拠もないのだけれど、大丈夫だよと本に言ってやりたい。

（神戸新聞　2018・3・4）

お箸を買う

京都で煤《すす》竹を使った箸を買った。煤竹というのは、天井裏などで使われていた竹が囲炉裏《いろり》の煙でいぶされたもので、百五十年ぐらい前のものらしく、加工しても曲がりにくい。だからなのか、箸とは思えないほど高額だった。迷ったあげく、買うことにした。

この店に来たのは二度目だった。十四年前、偶然この店の前を通りかかり入ったことがある。買う気はなかったのだが、健康運に恵まれる箸というのがあったので、ダンナ用に買って帰った。

家に帰ると、風呂上がりのダンナがパンツ一丁で機嫌よくしゃべっていた。と思っていたら突然倒れて、救急車で運ばれ、そのまま長い闘病生活を送ることになってしまった。左半身にまひが残り、その症状は喉にもあって食べ物を飲み込むのは無理だろうと医師に言われた。買ったばかりの箸は、包装をほどくことなく家の隅に長く放置された。これを使うことは、もうないのだと当時の私は覚悟を決めた。

一カ月も何も食べないでいると食欲というものがまるでなくなるらしく、ダンナは何かを食べたいと一切言わなくなってしまった。それと同時に、他の欲望も失われてしまったらしく、ぼんやりとした顔つきで、ほとんど眠っている毎日だった。私はというと、自分だけ食べているのが申し訳なく、ダンナの前での飲食は避けるようになっていた。病室を出た廊下の隅で、いつも一人でひっそりとおにぎりやパンを食べていた。それは食べるというより、ただ噛《か》むことの繰り返しだったように思う。私自身の欲望もまた、どんどんなくなってゆくようだった。ダンナと一緒に食事をする、ということがこの先ないのだと考えると、自分の人生にぽっかりと大きな空洞ができたような気持ちになった。

私自身はそんなふうに、すっかり諦めていたのだが、熱心なリハビリの先生のおかげで、ダンナは何とか食べ物を口にできるようになった。しかし喉は、複雑な動きを忘れてしまったらしく、なかなか飲み込めない。先生から魚なら魚だけ全部食べきって、次はご飯だけを食べるというような指導を受けていた。ふだん私たちは無意識にいろんなものを口に放り込むが、それは喉がその都度、硬いものや柔らかいものを選別してうまく飲み込めるようにしてくれているらしい。

ただ食べるというだけのことに、これほどの段階を踏まねばならぬのか、と私は治療が進むたびに感心した。最後の難関は水を飲めるようになることで、間違えて肺の方に入ってしまえば肺炎になってしまう。それも何とかクリアして、自宅介護になり、それでもまだ箸は使えず、結局、新調した箸を使いだしたのは、買って帰って一年ほど経ってからだった。

店先でレジを待っている間、十四年前のことがふいによみがえった私は、商品を受け取りながら、ダンナのことを早口でしゃべっていた。店の人に、金を払うのだからと、ここぞとばかり自分のことだけをしゃべり倒す客を、みっともないと思っていたのに、この時の私はしゃべらずにはいられなかった。

「それは大変でしたねぇ」と店の人に声をかけられ、私はしゃべるのをやめてしまった。同情してほしかったわけではない。そうじゃなくて、箸をつくって売るという仕事が、どれほど生きることの支えになっているか、箸を新調するということが、どれほど幸せなことか、そのことを伝えたかったのだ。でもその実感を店の人に、うまく伝えられそうもなかったので、諦めて店を出た。

店に並んでいた箸は、いずれどこかの家へと売られてゆくだろう。そこから育《はぐく》まれてゆくたくさんの命を想像すると、とても満ち足りた気分になり、急に何か食べたくなる。そうだ、ダンナに鯖寿司と甘栗を買って帰ろう。それは、ダンナが救急車で運ばれた日に買って帰ったもので、結局食べずに腐らせて捨ててしまった。今日も、うまいものを二人で食べられるのだと足をはやめる。幸せというのは、こういう瞬間のことをいうのだろう。

（神戸新聞　2018・4・1）

ずれ

あれは、小学二年のときだったと思う。私は何でも大きなものをつくるのが好きで、紙粘土の花瓶も富士山のような形をしたバカでかいものだった。男子が気をきかせて私のつくったのを持ってきてくれたのだが、その時、他の生徒がつくった花瓶に当たってしまった。私のはダンプカーみたいな巨大な物だったので、相手の方のが割れてしまった。男子生徒は逃げてしまい、割れた花瓶の持ち主に「どうしてくれるねん」と文句を言われ、私は事の顚末《てんまつ》をうまく説明できず号泣してしまった。

そうなると、正義感の強い岡っ引きみたいな子がやってきて、私に真相を聞き出そうとするが、私は泣いてばかりだ。すると、私の前に犯人らしき生徒を連れてきて、「こいつか？」と面通しする。私が首を横に振ると、また別の生徒を連れてくる。そうじゃない。誰も悪くないんだと言いたいが、コトバにならない。岡っ引きはクラス中の生徒を私の前に連れてきた。こんな大事《おおごと》になってしまってどうしようと、今度は別の理由で涙が止まらなくなる。花瓶を割られた生徒の方はすでにケロッとしているのに、私がおんおん一人泣き続けるのを、岡っ引きの生徒は「割られた方が泣くんならわかるけど」と謎を深める。私は、事をどうおさめていいのかわからず、泣くしかなかったのである。

自分の今ある状態を正確に伝えるのは難しい。鼻血が出た時、出血の量が多すぎて目から噴き出してしまったことがある。それを見た母親は、えらいことだと動転した。私には痛みはなく、ただ視界がぼやけるだけなのだけど、見ている方はただ事ではないらしく、私が「大丈夫だから」と近づいてゆくと、「大丈夫じゃない」とみんなに怖がられた。

ずれてるなあと思ったことはまだある。小学校に上がって初めての遠足の時、私は一人でお弁当を食べた。そのことを作文に書くと、赤いペンで「こんどからは、おともだちとたべましょうね」と書かれたのが返ってきた。先生にとってみれば、一人でお弁当を食べるというのは、友人から仲間外れにされたということなのだろう。そうではないのだ。私はバスに揺られ、知らない場所に解き放たれた時、すぐに好きな場所を見つけ、そこで食べたかっただけである。遠くにいる友人たちと手を振ったり、大声で呼び合ったりしながら、私は一人でお弁当を食べて、とても満足だった。というようなことを作文で書く能力はまだ私にはなかった。小学生の私は、赤いペンの文字を見ながら、そうじゃないんだけどなあという気持ちだけが残った。

逆のこともある。何となくコトバが出てきて、よくよく考えると、これはあの時の気持ちだったと後で気づいたりする。

先月、『さざなみのよる』（河出書房新社）という小説を出版した。作家は本屋さんに出向いて、よろしくお願いしますとあいさつ回りをすることがあるのだが、その時、店内に飾るための色紙を書く。ちょっとしたコトバを添えるのだが、それを書いていて私は「あ、そうか」と自分で驚いた。色紙に書いたのは「ずっと誰かにありがとうって言いたかった。ようやくコトバにできた小説です」というものだが、正直に言うと、小説を書いている時、そんなことは考えてもいなかったのである。ただ子供の頃、生まれた時からポストがあったり、横断歩道があったり図書館があったりするのが不思議で、それはもうこの世にいない人たちの努力のおかげで今あるのではないか、と気づき、私は誰にどんなふうに、このことのお礼を言えばいいのか、とずっと悩んでいたのだった。大人になった私は、小説で知らず知らずのうちに、そういうものにありがとうと言っていたのである。

新しい小説を誰かが読んで、その人もまた忘れていた何かを思い出してくれたりするんだろうか。だとしたら、それで充分なんじゃないかと思う。私たちの考えを伝言ゲームのように伝える小説なんて、きっと誰も読みたくないだろうから。

（神戸新聞　２０１８・５・６）

リアクション

この連載を始めて七年目である。ここで書いてきたエッセイをまとめた本は三冊になり、こんなに長く続けるとは私自身思ってもみなかった。やめてくれ、と言われない限り、なかなかこちらからやめますとは言いにくいものである。エッセイだけでなく、写真も掲載せねばならない。一度だけ、私が撮った写真って必要なんでしょうか、と担当の人に言ったことがある。「まわりの女の子たちは面白いって言ってますよ」と言われると、写真のネタ探しが面倒なんだよなと思っていたのに、女子に褒められたオジサンのようにちょっと嬉しい気持ちになってしまうから不思議だ。

ドラマを書く仕事をしていて考えるのは、人は何を見たいのかということだ。ストーリーだと思うかもしれないけれど、実はそうじゃないと私は思っている。見たいのは、人間のリアクションなんじゃないだろうか。バラエティー番組で追い詰められた芸人さんの姿に思わず笑ってしまう。ドラマも同じだと思う。役者がこの状況でどんな表情をするのか、もしかしたら見たいのはそれだけかもしれない。

いじめも、そういうところがあるのだろうか。中学一年生のとき、突然、私をいじめることに快感を覚えた男子がいた。それは暴力ではなく、じいさんのように私の耳元でぐちぐち文句を言うという、マニアックないじめだった。私が怒った顔を見せると、もっとやりたくなるらしく、どんどん小言をエスカレートさせてゆく。私はしかたがないので、完全な無表情をつらぬいた。そこに誰もいませんというふうにである。しばらくすると、その男子は私を相手にするのはやめてしまった。

リアクションがないというのは、よほどつまらないことらしい。なんで、そんなに人の反応が見たいのだろう。結果を見たいということだろうか。自分のやったことの、あるいは事の成り行きのその結果を、人の表情を通して見てみたいのだ。なぜか、そのことに人は喜びを感じるらしい。

七年前の第一回のエッセイの写真は、友人が撮ってくれた。捨てられていた子猫が一心にミルクを飲んでいる写真である。今回の写真は、その猫の七年後の姿である。私のことなど、放っておいてくれという顔がいいなと思う。猫の無表情さに、今の私は気が楽になり、ほっとなる。たぶん、人間のリアクションが気になるぶん、ついつい過剰に受け取って、疲れてしまっているのだろう。たまには人のことなど気にせず、自分の時間を過ごしたいと思う私は、傲慢《ごうまん》なのだろうか。

この連載を続けてこられたのは、誰がどんなふうに読んでいるのか、まったく想像もつかないからだろう。人の顔色など見ず、無神経に思うまま書き続けてきたからだ。たまに本にはさんである返信ハガキやファンレターで、エッセイの感想を知る。それは、書いてからずいぶん経った後だったりするので、純粋に励みになったり、嬉しかったりする。私たちには、これぐらいの速度でリアクションを受け取るのがちょうどいいように思う。あまりに早いと自分を見失ってしまうからだ。

そう思ってはいるのだが、時々、はじけるような人の笑顔を見てみたいと思う。例えば、この連載が始まったときに起きた原発事故の処理が完全に終わった日とか、あるいは北朝鮮に拉《ら》致《ち》された人たちが全員帰ってきた日とか、そういう時の、日本中が笑顔で満ちあふれる様子を、死ぬまでに一度見てみたいと思う。

頑張ったり、耐え忍んだりしてきた人たちが、その時どんな表情をするのか、それはたぶん私が想像しているようなものだと思うのだが、それでもそれをライブで見てみたい。人間のリアクションほど、人に力を与えてくれるものはないからである。私は、自分の心が奮い立つのを見てみたいのだろう。

猫好きの私としては残念だが、人に爆発的な喜びを与えることができるのは、人間だけであるらしい。

（神戸新聞　2018・6・10）

なりたい私

先日の近畿地方の地震で、けっこうな数の食器が割れてしまった。揺れはじめた時、朝ゴハンの用意をしていて、あわてて、ダンナのいる部屋へ駆け出すと、走るそのすぐ後ろで次々と何かが割れる大きな音がした。パニック映画に出てくる登場人物のようだった。振り返る余裕もなく、取りあえず体を動かすことのできないダンナの頭に枕をかぶせた。棚にぎっしり詰められた本は一冊も落ちなかったというのに、なぜか私が駆け抜けたところだけ物が落ちてきて散乱している。台所にいたままならケガをしていたはずだ。まず、ダンナの身を案じた私の行動は正解であったらしい。

いちいち検証のしようはないが、正解の行動、そうでない行動というものは、あるのかもしれない。近所の人に聞くと、さほど地震で物は散乱しなかったらしい。私は整理が悪く、食器を棚からせり出すほど無造作に積み上げていて、そりゃあ落ちるよなぁという状態だったので、割れたのはだらしのない私自身のせいなのである。そうなるだろうと、人から注意されていたのに、ずっとそのままにしていたバチだと思う。

バチといえば思い出す話がある。高校の時に、男性教師にとても不愉快な思いをさせられたことがあった。授業のことで連絡することがあって、体育準備室のドアをたたいたが返事がない。中からは大きな話し声が聞こえてくるので誰かいるはずで、私がそっとドアを開けると、その教師が私を見て烈火のごとく怒った。「なんでドアをノックしないのか」とわめかれ、私が萎縮して突っ立っていると、さらに教師は怒った。私は泣きそうになり、結局、伝達すべきコトバは出てこず、ドアを閉めた。その瞬間、ドアの向こうから男たちのどっと笑う声が聞こえた。しどろもどろの私の様子が、よほど面白かったのだろう。十六歳の時の話である。

何年か後、その教師と偶然、電車の中で出くわした。大きな体の男性が仲良く三人ほど並んで座ってしゃべっていた。その中の一人だった。私のことなど覚えていない様子だったので、空いている隣の席に妹と座ったのだが、二人座るには少し狭かったということに、座ってしまってから気がついた。が、譲り合えば座れないこともない。すると、その教師は私たちを見て大仰《おおぎょう》に驚いた顔を見せ、友人たちと顔を見合わせ、仲間うちにしかわからないジェスチャーをしてゲラゲラ笑い合った。私たちのことを何やら揶揄《やゆ》している様子だった。

その後、その教師は、女性へのわいせつ行為で捕まってしまった。私には、バチというより、彼がそうなってしまうのが当然の成り行きのように思えた。独善的で、仲間だけがうまくゆけばいいと考えている人が、うまく人生を渡ってゆけるほど、世の中は甘くないからだ。

テレビのシナリオにとりかかる時、最初はなかなかうまく書き出せない。そういう時、この登場人物なら、こんな時どうするだろうと考える。近所で火事があった時、はだしで飛び出すのか、誰かに電話するのか、あわてて貯金通帳を握りしめるのか、そうではなく誰かを抱きしめるのか。行動が積み重なって結末へと向かってゆく。自分の思うような結末にならなかった人は、やったことが不正解だったということだろう。

私が正解の行動をしていれば、茶碗は割れなかっただろう。そのことを、くよくよしているわけではない。また新しいのが買えると喜んでいる自分もいたりする。私の、そういう懲《こ》りないところが悪い癖である。そんな私でも、絶対になりたくない自分というものが明確にあって、私はそうならないように、そういうところだけは慎重に行動している。

よい結末になるかどうかは、日常のささやかな行動の中にすでにある。人はなりたいものになれるはずである。

（神戸新聞　2018・7・8）

恥ずかしい自分

車いすのダンナは、月に一度、五日間ほどショートステイに行ってくれる。私を介護から解放してくれるためである。赤い車の形をした小さなバッグに身の回りの物を詰め、出かけてゆく。何が入っているのかしらと、こっそりのぞくと、本が数冊、綿棒、点鼻薬、なぜか赤いボールペンばかりが数本。その中にはカープの三色ボールペンも入っている。広島カープのグッズだけあって、三色とも赤である。なぜこんなに赤が必要なのか私にはわからない。ふせんが一束、糸ようじ一箱、本を読むときに使うペーパーウエイト。右手しか使えないので必需品だ。そしてバッグのポケットに小さく折り畳まれた紙切れが一枚。そっと開くと、そこに体重が記されていた。主治医にショートステイに入ったときに体重を量るよう命じられている。車いすごと量れる体重計は大きな施設にしか置いてないからである。

ダンナは体重が減っているときは、意気揚々と帰ってくるなり結果を報告するのに、増えているときは、ひた隠しにするのである。今回はきっと見せたくないのだなと、紙切れを元に戻す。ダンナの秘密は、昔からかわいいものである。

そういえば、まだ車いすでなかったとき、私が出かけている間にタコ焼きを買いに行ったことがあると白状したことがあった。ダンナは、ほとんど家から出ない人だったが、私がときどき買って帰るタコ焼きがよほどうまかったのか、気のすむまで一人で全部食べたかったらしい。けっこうな距離を歩いて、わざわざ買いに行ったと思うと、その執念に笑ってしまう。さすがに自分でも、さもしいと思ったのだろう。白状したのは数年後だった。

ある女優さんと旅行に行ったとき、同室だった。ゴミ箱を見ると、さっきホテルの売店で買ったチョコレートのお菓子の箱がもう捨ててあった。私がそれをじっと見ているのに気づいた彼女は、そのお菓子が下品で食べるに耐えられないものだったと説明し、カスみたいなお菓子だと言い捨てた。私はゴミ箱のチョコの箱を見る。つまり、ほとんど手をつけずに捨てたということなのだろう。しかし、私はその話をどうしても信じることができなかった。この人は、本当は夢中になって全部食べてしまったんじゃないだろうか。私に分けてあげることも忘れて。さほど高級ではないお菓子を、そんなふうに食べてしまった自分が恥ずかしくて、そう言ってるだけなんじゃないだろうか。私はゴミ箱に捨てられた箱の中身を確かめたくてしかたなかったが、できなかった。たとえそうであったとしても、それをあばいて何になると思ったからだ。彼女が「カス」と言ったのは、もしかしたら、自分のことだったのかもしれない。

小松左京の小説で、戦時中、物のない時代に恋人ではなく、にぎり飯の方を選んでしまうという話があった。何かに飢えている自分の本性のようなものを人に見せるのは、切ない話である。

先日エッセイで、昔にケンカ別れした友人のことを書いた。その人から、別れた後、ずいぶんイジワルをされたと書いてしまったのだが、もしかしたら本人は自分の仕業だとは私が気づいてないと思っていたのかもしれない。そう気がついて、そんなことを書いてしまって悪かったなあと後悔した。別れた彼女もまた、イジワルをせずにはいられない、飢えた自分を抱えていたはずで、そんなことを世にさらされて、とても恥ずかしい思いをしているはずである。

無性に食べたかったとか、どうしてもイジワルしたかったとか、それを隠すなんてかわいい話だと思う。しかし、そのウソは本人にとっては、見栄《みえ》というより、自分の立っている場所が揺らいでしまうような、それぐらい悲壮なことなのだろう。しかし、それは傍目から見れば実にバカバカしい。本当のことを言うと、誰もそんなこと気にしていないからである。
（神戸新聞　２０１８・８・12）

本当の声

長い夏休みが終わった後、学校に行くのが苦手だったとダンナは言う。人見知りをする質《たち》で、学校が始まっても、しばらくは恥ずかしくて、なかなかクラスメートにしゃべりかけられなかったらしい。

そういえば、私も始業式に違和感があった。あんなに長い時間会っていなかったというのに、みんなが当然のごとく昨日の続きのように打ちとけている様子は、いったい何なんだろうと思っていた。私には、まるで映画の撮影のように、「よーい、始めッ！」という声で一斉にお芝居をしているように思えたのだ。

長く会ってない人に会うのは気が重い。たとえば子供から大人になってゆく時間、何をして何を考えてきたのかまるで知らないわけで、私の知っている人とは全然違う人になっているかもしれないからだ。

若い頃、仕事でシンガポールに駐在していた兄の家へ、両親と私が遊びに行くことになった。

日本と違って広々とした高級マンションに住み、家事をやってくれる人を雇っていた。私と両親は、そんなことにいちいち驚嘆した。そんなふうに日本を離れていた兄と義姉は、ちょっと気取った人になっていた。そういう生活に慣れた人、という感じだった。やがて日本に戻ってきて、元の狭い住居に住むようになっても、なぜか兄の気取ったしゃべり方はそのままで、私は本当の話ができる気がしなかった。たてまえだけの、どうでもいい話を聞き続ける忍耐力は、すでに私にはない。そういう生き方をしてきたからだ。しかし、兄の方は私が変わったとは思いもしないのか、子供の頃と同じトキちゃん（私の呼び名）であるらしく、ふわふわとした地に足のつかない、この人と何の関係があるんだろうというような話ばかりを聞かせる。

先日、とうとう私の方がキレてしまった。そろそろ現実的な話、つまり八十五歳の母のことか、その母の住む家のことなどをどう考えているのか本音を聞かせてくれと言うと、兄はなぜか逆ギレし「もう二度と顔も見たくないッ！」と叫び、一方的に電話を切られ、私がかけなおすとそれも切られた。こっちだって、一生会いたくないと憤慨する。具体的な話なんかどうでもよく、私は兄の本当の声を聞きたかっただけなのである。

私が本当のことを言うと、場はしらけ、兄のように怒りだす人がいる。本当のことは、とても怖いことらしい。話のための話というか、おしゃべりってこんな感じでしょ、みたいな軽い気持ちで話しているのは、それはそれでおもしろい。だが、話しながら虚《むな》しく思うときがある。私はその人の本当の声が聞きたいのだ。内容なんかどうでもいい。その人が今感じている、その人の声が聞きたいだけなのだ。

十年ぶりに会う人がいる。その人とは、いつも真剣勝負だったので、へとへとに疲れる相手だった。それは向こうも同じだったと思う。再会したとき、お互いがあのときより大人になっていて、上っ面の会話しかできなかったらどうしようと怖くなる。

どんなに変わっていようと、その人が本当の声を出してくれれば、一挙に距離が近くなる。景気のいい話とか、こちらを喜ばせてくれるような話とか、そんなのを聞きたいわけじゃない。暗い話でも、その人が本気でしゃべっている声を聞けば、時間はたちまち縮まり、昨日別れたばかりの友人のように思うだろう。「疲れた」でも、「うまかった」でも、「だいっきらい」でもいいから、私は本当の声を聞きたいのだ。

ここまで書いて、あっそうかと思う。兄が言った「顔も見たくない」は、本当の声だった。だったら、いつか会えるかもしれない。

十年ぶりに会う人に、私はどんなふうにしゃべるのだろう。きっと、よく見せようと背伸びした声を出してしまうだろう。でもそれじゃあ、「ものすごく会いたかった」という本当の気持ちは伝わらない。私は、十年前みたいに本気の声を出せるだろうか。

（神戸新聞　２０１８・９・２）

私の敵

アンティークショップでベージュ色のバッグを見つけた。一九六〇年代のものだと店員は言う。そういえば、なかなか凝ったつくりで、今はないような大胆なデザインだ。裏側にシミがあるからか、思ったより安い。年代物は、いったん逃すともう出会えないかもしれないということもあって、必要もないのについ買ってしまった。

家に帰ってよく見ると、シミは思った以上に大きかった。気になり出すと、もうそこにしか目がゆかない。しかたがないので、家にあったレースでできた蝶々や花を布用接着剤でアップリケのように貼りつけてみる。元々のデザインが大胆なので、そんなものかと思う。ちょっと得をしたような気分である。

が、何日か経つとまた別のシミを発見し、それがまた気になってくる。店ではまったく気づきもしなかったシミである。地模様といえばそう見える程度のものなのに、とても気になる。この感じ、何かに似てるなと思う。そうだ、化粧してるときの感じだ。

世の男性の中には、厚化粧の女性を見てグロテスクだと思う人もいるだろうが、初めからそうしようと思ってしてるわけではない。自分で化粧をやってみるとわかると思うが、一部をきれいにすると別の汚いところが目につくのである。そこをきれいにすると、また別のところが気になる、という連鎖でどんどん化粧を重ねてしまう。たぶん、美容整形も同じだと思う。気になるところを直すと、別のところが釣り合わないように思えて、また手術をしてしまう。そんなことを続けていると、迷路の中にいるような心持ちになる。全体を見渡せない穴のような場所にすっぽり落ち込んでしまうと、自分がバランスを崩していることに気づかないものである。

こういうとき、なぜ一歩離れて見るということができないのだろう。熱中しているとき、欲にかられているとき、誰かに負けたくないと思っているとき、仕返しをしたいとき、冷静に全体を見るということがなかなかできない。

私は、買ったバッグを前に、シミを見つめ、さらにここに何か貼るべきか考える。少し離れて見るうちに、バッグ全体がシミだということに気がついた。底の縫い目のあたりは白色だった。ベージュ色ではなく、元は白のバッグだったのである。

白のバッグだと思って見れば、何とも薄汚れた代物だった。しかし、元々ベージュのバッグだと思えば、そうとしか見えない。むしろ白色だった方が、私の年では持つのが気恥ずかしい。人にはオフホワイトと言おう。誰もシミだとは思わないはずである。

顔も同じかもしれない。少しのシミやたるみなど、いちいち人は気にしていないのではないか。顔だけではない。ここでやめたら負けになるとか、損をしたら笑われるとか、そんな見栄は自分が思い込んでいるだけで、他人は自分のことで精一杯で、何とも思ってないかもしれない。たとえ思ったとしても、一瞬のことだろう。

プレーリードッグが草原に立ち、背筋と首を伸ばして遠くを見ている姿は何ともいえずかわいい。彼らは敵から身を守り、生き抜くためにそうしているわけで、それがけなげである。我々もそれをまねて、見渡すという習慣をつけた方がよいのかもしれない。

ただし、プレーリードッグの場合と違って、人間の場合、敵は外からではなく、内からやってくる。それをどうやって遠くから見るのかというと、自分の視線を、いったん自分の外に置いて自分を見つめるのである。それはつまり、自分を勘定に入れずに世の中を見るということである。自分が損をするとか得をするとかいうことを度外視して物事を見なければならない。

今、穴の中にすっぽり落ちている人に、こんな話をするとフンと鼻で笑われそうだが、そういうやり方が結局いちばん得をするのだと私は信じている。


（神戸新聞　2018・10・7）

奇跡のような愛

東京の青山の一等地に子供のための施設をつくるというニュースを見た。そこに住む人の意見はさまざまで、部外者の私がどうのこうの口出しするのは無責任だと怒られそうだが、それを聞いたとき、なんてステキなアイデアだろうとうなってしまった。

昔、専業主婦の方から手紙をもらったことがある。働いていないということでまわりから白い目で見られる。ぜひ専業主婦が主人公のテレビドラマを書いてください。そうすれば自分みたいな人間でもいてもいいと言われているような気がします――というような内容だった。マイナー作家の私たちがドラマを書いたぐらいで、この人の問題が解決するとは思えなかったが、それでもテレビでやるということには意味があるのかもしれない。

父と母が一度にガンになってしまって、兄は東京、妹は子供が小さく、私が一人で看病せねばならなくなったことがある。すでにOLを辞めていたので、書く仕事はすべて断った。断ると次に声がかかりにくくなるのがこの業界の常だが、しかたがない。私は四十歳目前の独身だった。疲れた体で仕事がなくなるかもしれないという不安を抱え、病院から帰ってゆく夜道の心細さがわかるだろうか。その通り道に、オートバイのポスターが貼ってあった。何度か一緒に仕事をした女優さんが笑いかけている。もう、こんな華やかな仕事をすることはないのだという気持ちがこみ上げてくるのだが、それでも、そのポスターの前を通る度に私は、まだ創作の場所につながっていると思えてきて、まだまだ歩けるぞと力がわいてきた。

隅に追いやられている人に「さあ、どうぞどうぞ」といちばん明るい場所に座らせることが、どれほどその人の心を強くすることか。提供するのは快適さだけではない、私はまだ大丈夫かもしれないという上向きの心である。

絵画のオークションで、一億五千万円の値段がついた瞬間に、シュレッダーで切り刻まれるというアート作品があった。本当なら全部切り刻まれるはずだったのに、機械の故障により途中で止まってしまったらしい。赤いハートだけがぽっかりと浮いているのを見て、これこそが奇跡だと思った。お金がすべての世の中だとみんなが思っている中、そうじゃないこともあると、その作品があの場で証明してみせたのである。私はテレビの画面から目を離せなかった。このわき上がる気持ちは何だろうと思った。それは、とても幸せな気分だった。自分にいいことが起こったわけではない。この世にお金では買えない奇跡のような愛があると知っただけで、人はこんなにも幸せになれてしまう。

青山の一等地の話は、どうなるのか私にはわからない。でも、みんなの善意で子供のための施設が建てられることになったのなら、それはシュレッダーで切り刻まれなかった赤いハートと同じように、人を幸せな気持ちにするだろう。シュレッダーの作品が、その後どんどん値段がつり上げられていったように、青山の子供の施設もまた世界中から称賛されるに違いない。

隅に追いやられている人が、さらに隅に追いやられる。そして、それはお金の事情でそうなってしまう。この話を、私たちは子供にどう説明したらよいのだろう。「大人の事情」なんてコトバで片付け続けていてよいのか。

有名なアスリートが難病の子を見舞うのを見て、私たちは感動する。目には見えないけれど、そのとき難病の子に「生きろ」という強い力がふりそそがれる瞬間を目撃するからだ。

それと同じように、苦しい立場の人たちに、あなたと私たちはつながっていますよと言ってあげることはできないだろうか。アスファルトが、すれ違う人が、お店が、街が、あなたの味方ですよと言ってあげるのは、とっても冴《さ》えたやり方だと思うのだが。

（神戸新聞　２０１８・11・４）

人を信じる

私は物に固執するタイプではないと思っていた。買い物は好きだが、買った物は大事にしないし、すぐ人にあげてしまう。そしてそのことも忘れてしまう。

ところがである。私の心の中は自分が思っているほど簡単なものではなかった。我々も老年期に入ったことだし、いろいろ整理しようと思い立ち、まずこの半端ない量の本を何とかしようと思った。ところが、これがいざとなるとなかなか捨てられないのである。仕事のときにさほど役立たないといえばそうだし、かといって全く使わないわけではない。何かをペラペラめくっていて、お話をひとつ無理やりひねり出すこともあった。その何かは、その時の気分によるものなので、何がいるものでいらないものなのかなんて私には決めようがない。で、結局保留しようかという話になってしまう。今まで、その繰り返しだった。

今回は人に頼むことにした。なかなか活動的な人物なので話がサクサク進んでゆく。古書店の人に来てもらって手に入りにくい本は残そうという話になる。どの本も必要な時はすぐ買えるものばかりですと言われる。写真も撮ってくれて、必要な時お持ちしますよ、とまで言ってくれる。こうなれば全て不要という気持ちになって、きれいさっぱり持っていってもらうことにした。

そんな話の最中に、私は入院することになってしまった。それで心が少し弱くなっていたのかもしれない。本がなくなってしまうと考えると何やら病院のベッドで泣けてくるのだった。本の整理で部屋も少し変わってしまうだろう。そのことも悲しい。

私は自分が悲しいと思うことに驚いた。昔はお金がない時、ためらいもなく本を売りとばした。その足で天満《てんま》の市場にゆき、うなぎやら卵焼きを買って帰ったりした。そんなことをしながら残ってきた本だなんて、誰も知らないだろう。

思えば私は何も知らない人間だった。私は多くを本から学んだ。人前でオドオドする必要などないということ。駐車場に咲いている花の名前。人は残酷だということ。はかりしれないほど人はやさしいということ。人をやり込める方法。そして、人を許すということ。その全部は私の中にあるというのに悲しかった。

知人にやっぱり売らないでほしいと頼むと、もうすでに古書店の人は荷造りをしてくれているとのこと。だったらやっぱり持っていってもらおうかと思うのだが、またまた心の中で悲しい気持ちがふくらんでくる。半分だけ残してもらうことにした。

本は目に見えるカタチで残っているが、思えば目に見えないカタチで私にいろいろなことを教えてくれた人たちがいたことを思い出す。友人、先輩、後輩、仕事仲間。どれほど私に時間をかけてくれたことか。そういう意味で言うと、特に信じるということを教えてくれたのはプロデューサーだ。何しろ、向こうはいいかげんな私たちを信じて原稿をいつまでも待ってくれるのだから、こちらも無条件に相手を信じるしかない。

高校の時、美術部の部長をしていたが、私は仕事を全部抱え込んでいた。その頃の友人は私が部長だったことを誰も覚えていないのである。任したり任されたりで人の関係は深まってゆくものなのだろう。

何でも自分でやってきたが、仕事も一部人に任せようと思い立ち、知人にマネジメントをお願いすることにした。こっちも信じるから、そっちも信じろよなというむちゃな話を快く引き受けてくれた。私たちの書くものを信じてくれているのが伝わり、しみじみ嬉しくなる。

私もようやく、自分が思う通りすることより、人を信じるという方を選べる年齢になったようである。


（神戸新聞　２０１８・12・16）

テンパる

全豪オープンテニスの決勝戦で大坂なおみが泣いた。勝つのは当たり前だと誰もが思ったシーンで、敵に得点がどんどん入ってゆく。大坂なおみは自分のふがいなさに押しつぶされていた。泣きたい気持ちはよくわかる。でも、ここで泣いてしまうと、マイナスの気持ちに支配されてしまわないだろうか。いったんそうなると、人の心はなかなか復活できない。下手すると体がまったく動かなくなってしまうのを私は知っている。

不当だと思われる出来事があって、私はそのことで頭がいっぱいだった。その時、突然、歩道を歩いている私の前に車が乗り上げてきた。駐車するためである。私の目の前で車は止まり、人が降りていった。行く手をさえぎられた私は、自分で自分をコントロールできなくなってしまった。一歩も動けなくなってしまったのである。歩道をいったん降りて車を避《よ》けて行けばすむ話なのに、それができない。私は怒っていたのだと思う。全身に走り抜けたのは悲しみだったけど、よく考えるとその根本は怒りそのものだった。なぜ、私にばかり不当なことが起こり続けるのだろう。運転手が戻ってきて、車を動かしてくれて、ようやく私は動くことができた。車に戻った人は、さぞかし気持ち悪かっただろうと思う。五分ほどの間、私はその人の車の前でじっと立っていたのだから。

思えば、体だけではなく、頭の方もストップしていたのだと思う。こういうことがあると、スポーツ選手とか役者さんは本当に偉いと思う。決められた場所で、自分をベストの状態へ持ってゆくなんて、私には到底できないことだ。

作家は、あらかじめ時間をもらっているので、自分の好きなときに仕事をやればいいわけで、プレッシャーはさほどない。前に女優さんにこの話をして、すごい仕事してますよねぇと言うと、締切がある方がよほどきついわよ、役者なんてその場に行けば何とかなるものよ、と笑い飛ばされた。

適材適所というのはあるのかもしれない。私もダンナも現場には弱い。仕事に行き詰まると、書くことで食べてゆくのは大変だから何か商売でもしようかとよく話した。やっぱり食べ物屋かしらと言うと、オレはおでん屋しか無理だと思うと大まじめに答える。仕込みはゆっくりやって、本番はできたものを器に入れるだけだから楽だろうと言うのだ。つまり、注文を聞いて何かをつくるのができないらしい。注文が立て込んでくるのを想像しただけで吐きそうになると言う。おでん屋だって立て込んでくると大変なんじゃないかという話になって、結局、商売は我々には無理だよなぁということに落ちつくのである。

遊びでもいいからお店みたいなことを一度はしてみたいと思っているのだが、現場に弱い我々にはしょせんは無理な話なのである。ところがである、私たちの持っていた物が店頭にずらりと並ぶことになった。何のことはない、家にあったものを古書店に売り払ったのである。ただ量が半端ない。二千冊の本と相当な数の雑貨類。あまりに量が多かったので、リニューアルオープンするお店の一階部分はほとんど我々の家にあったものを並べるという。何の関係もないが、自分のお店がオープンするみたいでちょっと楽しみである。店は神戸・元町にできるそうで、名前は花森書林《はなもりしょりん》。オープンは、今月だそうである。

大坂なおみは、トイレ休憩の間に見事に気持ちを切り替え、優勝した。さすがにトッププレーヤーである。たった二分でスイッチを切り替えたのである。

私はというと、二カ月余りかけて本を売り払い、物がなくなったのを目の当たりにして、ようやく自分の心の中の整理がついた。

本を手放す時は混乱して少し泣いたけれど、今はその本たちが、次にどこへ行くのだろうと考えると、ちょっと嬉しい。

（神戸新聞　2019・2・3）

光を放つ時間

歩いていたら前方に若者が集まっていた。そのうちの一人が棒のようなものを振り回していて、それが私の胸に当たった。こんな時、どうしたらよいのか、とっさに思い浮かばない。感情が出てこないのだ。

こういう時は怒らねばと、取りあえずにらんでみるのだが、相手もまたどうしてよいかわからず、ぽかんとした顔でこちらを見ていた。私は言うべき言葉を見つけられず、そのまま行こうとしたが、何となくよくない気がして戻った。そして、きょとんとしている青年に「ちゃんと謝りなさい」と言った。青年は、ようやく「すみませんでした」と頭を下げた。私は「はい、それでよろしい」と言って立ち去った。

なんかのお芝居みたいで、自分でもおかしかった。若者は私の目をまっすぐに見て謝った。「何だこのババァ」という目ではなく、実に素直だった。私が立ち去った後、爆笑が起こるかと思ったがそれもなかった。私が若かった頃とは、随分違うなあと思う。老人から同じようなことを言われたら、後で「何、あれ」と笑い転げただろう。若者の質は格段に上がっているのである。

一九七五年、私は十八歳だった。当時の若者はしらけ世代と呼ばれていた。学生運動で挫折した後だったからだ。オタクと呼ばれるサブカルチャーを支える人たちがあらわれ出した時代でもあった。女子大生が、やたらもてはやされ始めていた。

私は、この頃まで眠ったまま生きていた。あまりにも、世の中と自分の価値観がかけ離れていたからだ。自分の意見は主張してはいけないと思っていた。周りに、ただ合わせて波風立たせずにやり過ごすことが一番だと考えていたのだ。後ろ向きの人生とは、このことを言うのだろう。私は、学生運動が始まる前、「しらける」なんてコトバの流行らない時代から一人しらけていたわけだ。

次の年、短大に入ってから私の人生は大きく変わった。美術の学校だったので、ずっと何かをつくらねばならなかった。それが楽しくてしかたなかったのだ。

自分がつくる立場になって世の中をながめると、そこは今まで気づかなかったことばかりだった。服の柄も、バッグのデザインもガードレールの形も、看板のロゴも、誰かが考えに考えてつくったものだということに、まず驚嘆した。街は、そんな人の努力、すでに亡くなった人もふくめての美的センスにあふれていた。そして、改めて見ると自然の見事なこと。その美しい色の組み合わせは、到底私にはできない。十八年間しらけ切って生きてきた私は、何も知ろうとはしていなかったのだろう。

学校で先生と生徒たちが、どうでもいい議論を延々と続けるのも楽しかった。世界は黒から始まったのか、白から始まったのかというテーマ。闇から始まったのなら黒だし、光から始まったのなら白だと言う。

眠ったまま生きていた私なら、黒だと答えただろう。でも、それ以降の私は、この世界はまばゆいばかりの光から始まった、と信じている。宇宙は大爆発で始まったのだ。その前に闇があったという人がいるかもしれないが、私は光の前には闇さえない、完全な無だったのではないかと思い込んでいる。

私たちは、光り輝く存在なのだ。その力を信じてものをつくるのだ。十円を誰かに貸したり返してもらったりの生活。自販機から商品が出てこないのは天地がひっくり返る大事件だった。そんなせこい時代だったけど、心の中では、自分らしいものをつくりたいという意欲に燃えていた。それには、まず、目をしっかりと開かないといけない、とその時の私は思った。

若い人が集まっているのを見ると、いいなと思う。十代最後に見た風景は、私にとって色鮮やかで、生き生きとしていた。時代は違うけれど、今の若い人たちにも、きっとそういう時間があるんだと思うからだ。二度と来ない、その時にしか見えないものに包まれている時間が。

（神戸新聞　２０１９・３・10）

まっさら

年号が変わる。そう聞いただけで何か安定しないふわふわした気持ちになるのは私だけだろうか。「令和」という呼び名は、いずれ人の暮らしにとけこみ、確固たるものになってゆくだろう。そうなる前の、この不安定な感じを何と表現すればいいだろう。

「平成」が発表されたときは、「昭和」が終わったことがあまりにもショックだったので、ぼんやりとそういうものかと思った。今回は余裕があるのか、バラエティー番組の企画のひとつのような扱いで、元号決定までの舞台裏をテレビがいちいち教えてくれる。何が候補に挙がっているのか、選者は誰か、何が一番人気だったか等々。ケーキを選んでいるのと変わらない気がして、有り難みが薄いのである。

私としては、できれば誰かがつくったり選んだりしているなんて知りたくなかった。空の上から突然降ってきた、なんていうのがいい。受け入れたくなかろうが、これなんだという強い力のようなものが欲しいのである。何もかも、透明性のあることがいいとは限らない。自己責任ばかり言われていると、いいかげん疲れて、何かに身をゆだねたくなる。それしかないというものに、身を預けたい。

世の中のモノは、全て人がつくったモノである。元からあったわけではなく、誰かがつくっている。つまりは全てはつくりもののウソである。皆で、ではそういうことでいきましょうという暗黙の了解でやる方が効率がいいから目をつむっているのだ。元号が変わるとき、そうだった、すべてはウソだったということを思い出して、ふわふわした気持ちになるのだと思う。

宣伝するようで気がひけるが、最近私たちが出した小説『カゲロボ』（新潮社）は、そんなふわふわした気持ちを描いた。何が本当で何がウソか、よくわからない世界の話である。

本当かウソか、とてもあいまいな世界で私たちは生きている。数が多ければ本当のように思えるが、そうとも限らない。仲間を増やして安心しているだけかもしれない。今日、本当と思っても、明日は違っているかもしれない。

そもそも、自分が小説を書いているということが、いまだに本当だと思えない。本屋に自分の本が並んでいるのを見ても、どこか他人事のように思える。書いているときは自分のモノである。ゲラもまだ自分のモノのように思える。見本の本が送られてきたときも、まだ自分のモノだ。ところがである、本屋に並んだとたん自分のモノではなくなってしまう。

このエッセイもそうである。新聞に載ってしまうと、もう自分のモノではないような気がする。商品だから、そりゃそうなのだけど、とても遠いモノになってしまったと思う。それは、自分の畑でつくったレタスがスーパーのレジを通ったとたん、他人のモノになってしまうのと似ている。

自分のつくったモノが、世の中のモノになってゆく。私は、取り返しのつかない気持ちになる。本当のことなど書いてないのではないかと激しく後悔する。作家を続けるというのは、図《ず》太《ぶと》くなることである。私は本当のことが書けなくても、まっいいかと思うようになった。元号が変わるとふわふわとした不安な気持ちになるのは、自分がもっともらしく偉そうにエッセイや小説など書いているけれど、そんなのは全部ウソっぱちだとばれてしまうような気がするからだ。

昔は、悪いことが続いたり、普通では起こらないようなことがあったりすると元号を変えたりしていたらしい。そんなふうにして気持ちを切り替えていたのだろう。

もうすぐ新しい時間がやってくる。まっさらな包装紙に包まれた、ぴっかぴっかの時間である。いつもと変わらない時間でも、皆がそう思えばそうなのだ。せっかくなら、あちらこちらでささやかな希望が生まれてくるような、そんなウソをみんなで信じたい。

（神戸新聞　２０１９・４・14）

空気が読めない

私は空気が読めない。中学の時、コックリさんという遊びが流行っていた。みんなで十円玉を人さし指で押さえ、質問すると文字を書いた紙の上の十円玉が動いて答えを教えてくれるというアレである。

十円玉が勝手に動くのが不思議なのだが、その時はあきらかにA子が強引に動かしているのが私にはわかった。私は、そうはさせじと十円玉が動かないように指に力を入れた。互いのありったけの力で押さえつけられた十円玉は、紙の上でぴくりとも動かなくなってしまった。

その後、私はA子の取り巻きに呼び出された。「A子が動かしていると思っているでしょう」とみんなから一斉に問い詰められる。さすがに、私が十円玉を引っ張っているのがわかったのだろう。ということはA子が引っ張っているのを、彼女たちは知っているということだ。あれは本当にコックリさんが動かしているんだからね、というようなことを何度も繰り返した。

本当は彼女たちもA子がやっていると思っていて、それでもなお私にA子の芝居にのってほしいと暗に頼みに来たのだ。私は「あっそう」としか答えなかった。彼女たちは私を改心させるのは無理だと諦めて帰って行った。それ以来、彼女たちはコックリさんの誘いはもちろん、口もきいてくれなくなった。

私は本当のことを言わないと気がすまないタチらしい。小学一年生の時、運動会の絵を描いた。私のは十二色入りのクレパスだったので、肌色、今で言うペールオレンジを持っていなかった。しかたがないので、私は橙《だいだい》色で顔をぬった。すると、先生はその絵を大変褒めてくれた。肌色にしてないのがいいと言う。みんなが力を出している感じが顔に出ていると言うのだ。さんざん褒められた後に、「なんで顔の色を橙色にしたの？」と聞かれた。先生の言葉にのっかる方がいいのかもしれない、とその時思った。でも私は本当のことを言った。肌色を持っていなかったからですと。その時の先生のがっかりした顔を私は忘れられない。そして、その後の教室の雰囲気。私は空気が読めずに、いつも何かをぶち壊してきた。

日常の中の、ちょっとした芝居が私には、わずらわしいだけなのだ。女の人の間でのちょっとした儀礼も私は苦手だ。例えば「木皿さんは、きれいだから」と言われたら、「そんなことないよ」と返さねばならない。私にはそんなコントみたいな約束ごとがうっとうしい。今後一切、やりたくないので、そういう場合「そうなの、私、きれいなのよ」と返してきた。そう言われた人はびっくりした顔になる。本当に目をぱちくりさせるのである。

この世に儀式は必要だ。しかし、どうでもいいやり取りは、できればすっとばしたい。できれば、どうでもいいものを、楽しいものに変えてしまいたい、と私は思う。

仕事の打ち合わせのとき、まず最初にあたりさわりのないような話をする。それは私にはお芝居のように思えて何だかなぁと思う。なので、家に来るお客さんにはどうでもいい話を全力でやってしまい、大いに盛り上がる。私の話はとまらず、打ち合わせの三分の二が雑談になってしまう。仕事と関係のない話ばかりして、ひどい時は帰らねばならなくなって、玄関先で要点だけ確認して終わりということもある。

しかし、不思議なことに、この雑談の中からアイデアがわいたり、やる気が出たりするのである。

私の描いた絵を見て、先生は肌色は肌色ではないと気づいたのだろう。約束ごとを少しだけ逸脱してみると、思いもかけず本当のことが見えたりする。

昔あった肌色をペールオレンジと呼ぶようになったのは、いろんな肌の人がいるからである。常識だって時間が経てば非常識になることもある。空気が読めない私も、やがては当たり前になる日が来るかもしれない。

（神戸新聞　2019・5・5）

匂いの思い出

捨てられない服がある。三十年以上も前のもので、蛇が矢印になった模様のポロシャツだ。それはダンナのもので、出会った頃によく着ていた。私は、ヘンな柄の服を着ている人だなぁ、この人、どういう趣味をしているのだろうと思ったりしていた。

私の好みではないその服が、いまだにタンスの中にあるのは匂いのせいである。その服を見ると思い出すのである。私と全く関係のなかった人が、親しい人になりつつあった頃のことを。その服には、その匂いはすでにない。ダンナはいつの間にか、私の家の匂いになってしまったからだ。

興味がない時は、ダンナのシャツに匂いがあることに気づかなかった。私は、突然、匂いに気づいたのだった。

香水が苦手で、どれも同じように不快にしか思わないのに、ふいに知っている匂いに出会うと、その香水の名前が頭に浮かんで親しい気持ちになる。

名前は知らないが、懐かしい気持ちになる匂いもある。たとえば、今頃の季節、オフィス街の強い日射しの中、ツツジがいっぱいに咲いていて、その側《そば》を通る時のむせ返るような感じ。私は手書きの伝票と、窮屈な制服に履きつぶしたぺったんこの靴を思い出す。勤め先の大阪の街、淀屋橋《よどやばし》から北浜《きたはま》を、おつかいで、あるいはさぼるため、よく歩いた。毎日、同じことの繰り返しにうんざりしていた時の、いっぱいに咲き誇るツツジの花に心を突かれた。「精一杯」というコトバが頭によぎった。

匂いは不思議だ。その頃のことを、今起こったことのように鮮やかに思い出させてくれる。ダンナは子供の頃、斎場の近くに住んでいた。野球をしていると、斎場の煙突から煙が出てくる。するとゲームを中断して、みんな「吸っとけ、吸っとけ」とその煙を吸ったそうである。そうすると肺病にならないと言われていたからだ。どんな匂いだった?と聞くと「香ばしい匂い」と言う。

本当かなと思う。私も子供の頃、斎場の近くに住んでいて、煙を毎日のように見ていたが何の匂いもしなかった。そういえば、お葬式にも匂いの思い出はない。花やお線香があったはずなのに、何も思い出さない。私にとって匂いの思い出は、生きているものに限られているのかもしれない。

ダンナの匂いの思い出は、おばあちゃんの前掛けだそうだ。外で働いていた母親の代わりに、おばあちゃんが家の仕事をしていた。そのうえ、ゲタ屋もしていたのでとても忙しかった。そのおばあちゃんの前掛けは、食べ物や汗か店の匂いがまじっていてダンナは思わず顔をしかめたらしい。するとおばあちゃんは、「そりゃ、ママはええ匂いするわな」というようなことを言った。おばあちゃんは、厭味《いやみ》を言うような人ではなかったので、ダンナはとても驚いたという。勤め人という、当時としてはスマートな働き方をしていた娘への嫉妬だったのだろうか。昔は、匂いは労働を思い出させる忌むべきものだったのだろう。

そのせいか、匂いはどんどん街から消えてゆく。昔、阪神電車の梅田駅のホームに降り立つと、まだ食堂が並んでいて、いろんな食べ物がまじった匂いがして、むっとなった。今は、それもなくなり、どこまでもピカピカで、少し寂しい。

新しい教科書をもらった日、独特の匂いがした。インクの匂いなのか、紙の匂いなのか、私の周りにはない匂いだった。それが、落書きされ、ページを折られ、乱暴にカバンに突っ込まれしているうちに、角は黒ずみ、鉛筆の匂いになり、教室の匂いになり、お弁当の醬油《しょうゆ》の匂いになった。

匂いは、コトバにできない、でもそこにある。白い夏の制服に、うっかりつけてしまった習字のシミのように、洗っても洗っても消えずにそこにある。まるで私が生きていた証拠のように。

（神戸新聞　2019・6・2）

お前

「お前」というコトバは教育上よくないそうだ。野球の応援歌で使われている「サウスポー」という曲の歌詞の中に「お前が打たなきゃ誰が打つ」というのがあって、子供も歌うものだから、それはよくないのではないかということになり、今後は応援歌として使うことを控えるようになるらしい。

それを聞いたワイドショーに出てる人たちは、戸惑っていた。「お前」というコトバは、悪いと言われればそんな気もするが、そこまで自粛する必要があるんだろうかという顔である。「わかるけど、でもねぇ」となんだか歯切れが悪い。

ダンナは私のことを、「お前」とは呼ばない。昔、一度だけうっかりそう呼んだ時、私が「お前って、私のこと?」とややキレ気味に返したことがあった。その言い方がよほど怖かったのだろう、それ以来、ダンナは決して「お前」とは呼ばなくなった。

人から「お前」と呼ばれるとキッとなるが、私自身、じゃあ使わないのかと問われれば実はよく使う。人にではなく、自分自身に向かってだ。仕事が詰まった時、「お前が書かねば誰が書く」というふうに自分を叱咤《しった》する。「お前」が「私」ではダメなのだ。「お前」と言うことで客観的な気持ちになる。「私がやらねば」だと自己満足的だが、「お前がやらねば」とつぶやくと「期待されている私」という思いがわき上がってくるのだ。「お前」が「あなた」でもダメである。期待値が下がってしまう気がする。「お前」という呼び名は、「私」と「あなた」の距離が非常に近い。ほとんど一体であることをあらわしている。応援する人と選手は、気持ちの上では同じなのだろう。もちろん厳密に言えば完全な他人なのだが、選手の一喜一憂は観戦している者のものでもある。だから「お前」はゲームを観ている者にとっていちばんぴったりした呼び名なのだ。

しかし、会社の上司や、夫や妻、あるいは教師が「お前」と呼ぶと少し事情は変わってくる。「お前」というのは、一体感を抱かせるニュアンスがあるので、自分の持ち物、つまり支配下にあるものというように聞こえてしまう時もあるからだ。使い方ひとつで、私の人格を無視していると憤慨されてもしかたがないのである。そして、実際、人格を無視してそういうコトバを使う人が多いのだろう。イヤな思いをした人がたくさんいるのだと思う。

しかし、だからと言って「お前」というコトバがこんなふうに自粛され、だんだんと使うことが拒まれ、完全に消えてしまうのはとても残念である。コトバがなくなることで、「あなた」と「私」の境界線があいまいな、そんな人間関係もまた失ってしまう。

「お前」と呼んだり、呼ばれたりした時期があるなら、それが本人たちにとって少しもイヤでなかったなら、二人にはとても親密な時間が流れていたのだろう。しかし、人は変化し続けるものだ。やがて、一方が「お前」と呼ばれることに耐えがたく思えてくる時がやってくる。一人の人間として見てほしいと思うようになる。大人になるということは、そういうことだ。なのに、「お前」と呼んでいる方は、そういうことがわからない。ずっと自分のものであってほしいと願っているからだ。たぶん、「お前」と呼ぶ人は、甘えたい人なのである。ずぶずぶの甘い関係に、いつまでもひたりたい人なのだろう。

ならば、ダンナに「お前」と言われてキレたのは大人げなかったかもしれない。しかし、「トキちゃん」とか「トキチ」とか「デブキチ」とか、どんな呼び名を言われても怒らないが、やっぱり「お前」と呼ばれると「なにッ」と前のめりになってしまう。私はいつだって、それがこの世でいちばん親しいダンナとでさえ距離を保ち、「私」は「私」でいたいのだろう。そうでないと、ちゃんと世の中が見えなくなるような気がするからである。

（神戸新聞　２０１９・７・７）

夢

吉本興業の一連のニュースを見ていて驚いた。夢を持ちながら地道に努力して生きている人が、思いのほかたくさんいることにである。芸人さんの中には、四十歳を越えてもまだ売れず、「若手の子」と呼ばれている人もけっこう多いと知り、自分の時もそうだったと思い出す。

私がシナリオライターになろうと思い、脚本家の養成所に通い始めたのは二十三歳の時だった。ＯＬという仕事が私の職業ではないとわかったのは、就職して一週間目だった。が、辞めることは母が許してくれそうもなかった。母は、私が辞めるのは結婚する時だと固く信じていたからだ。つまり、ＯＬはそれまでの腰掛け仕事だったのである。私は結婚もしたくなかった。とにかく仕事を探さねばと、脚本家の養成所に通い始めた。

そこで私は、シナリオライターになるのは、とんでもなく狭き門なのだと知り、またもや頭を抱えた。養成所の仲間たちは、行き当たりばったりの私と違って、明確な夢があり、それに圧倒され授業は欠席ばかりだった。

それでも講座の前期が終わる頃には、脚本らしきものを五十枚ほど書き上げ提出した。それを出さなければ、後期の授業は受けられないことになっていたからだ。熱く夢を語っていたのに、半分の人が提出できずに消えていった。後期の授業が終わると、今度は有志でシナリオ研究会なるものをつくり勉強を続けた。その研究会がつぶれると、次にまたつくるということを繰り返しているうちに、何人かが脱落してゆく。そんなことを数年続けただろうか。

その頃の私は、シナリオライターになるなんて夢はとうに諦めていたように思う。週に一回、みんなに会うことで、自分は何かに向かって頑張っているんだと思いたかっただけのような気がする。まだ辞められずにいるＯＬの決まりきった仕事には、そういう夢のカケラのようなものが必要だったからだ。

そんなぬるい状況の中、シナリオ研究会の仲間の一人が亡くなり、私たちの前からいなくなってしまった。それは、あまりに突然で私たちは呆然《ぼうぜん》となった。亡くなった彼女の夢だけが、いつまでも私たちの前に浮かんでいるようで苦しかった。

私は、やっぱりシナリオライターになろうと思った。十年勤めたＯＬ、つまり私自身の心情をラジオドラマの脚本として名古屋のＮＨＫに送ると入選作となった。その時、私はすでに三十歳を越えていた。やった、これでシナリオライターだ、とは思えなかった。この歳になって何の保障もない生活に飛び込むのにためらいがあった。

しかし、ドラマの収録現場を見学させてもらって、そんな気持ちは吹っ飛んだ。仕事とは、こんなにも一生懸命なものなのかと感動した。腰掛け仕事を続けていた私にはすべてが新鮮だった。仕事とは、自分のすべてを出し切ってやりとげるものだと知ったからだ。私もこの現場の一部になりたいと心底思い、シナリオライターになった。

今月、私たちのエッセイ本『ぱくりぱくられし』が紀伊國屋書店から出版される。その中に、私が初めて賞を取った、この時の脚本も掲載されることになった。三十年ぶりに読み返すと、遠くまで来たなぁとも、まったく進んでいないなぁとも思う。

今日も、誰かがどこかで挫折しているだろう。その取り残された夢が、見えないカタチであちらこちらに浮かんでいる。夢と暮らした無駄とも思える月日のおかげで、私には、夢なかばで諦めねばならなかった人の想いのカケラが見えるのだ。そのすべてに忘れてないよと言いたくて、私は今日も文字をひとつずつ埋めているのだと思う。

（神戸新聞　２０１９・８・４）

満足

先月、出張で三泊四日ほど、東京へ行ってきた。ホテルの朝食はよくあるバイキングである。そこに、なぜかカレーがあって、これがけっこう人気なのである。

私はカレーが嫌いだ。家のカレーは、薄切り肉が長いまま入っていて、子供の頃、飲み込みが下手だった私は、それをよく喉に詰まらせていたからだ。そのせいか、心の底からカレーを食べたいという気持ちになったことがない。

それなのに、隣のテーブルで朝から大盛りのカレーをもりもり食べているのを見ているうちに自分も欲しくなり、あわてて取りに走った。食べると普通のカレーだった。そりゃそうだろうと思うのだが、バイキングだとつい食べてしまう。この感じは何だろう。

宿泊客が無料でくつろげるラウンジのチケットをもらっていたが、時間がない。一度も使わないのは損のような気がして、朝食後に行ってみる。そこにあるドリンクや軽食は自由にとることができ、私はケーキを見つけ、思わず皿にのせる。のせてしまうと、食べるしかない。私がケーキを本当に食べたいかどうか、そんなことは私の脳は考えていないようだ。銀色の皿の上に、上品に並んだ苺《いちご》のケーキを今すぐ取れ、タダなんだから取らなければ後悔するぞと、誰かにおどされるかのように取ってしまう。お腹がいっぱいなので、ケーキはさほどうまくなかった。

私の理性は、少し崩れただけで「もうどうでもいいや」と自棄《やけ》っぱちになり、高級ホテルという非日常の中にいるせいか、えぇい、食べたいだけ食べてやれという気持ちになる。

ホテルの中に銀座にある超有名な寿司店の名前を見つけると、どうしても食べたくなってしまった。本店なら気後れして、絶対に一人では入れないような店であるが、ホテルの中なら何とかいける気がする。が、その店のある階に行ったとたん後悔におそわれる。薄暗い照明のもと、人がほとんどいないのだ。私の脳は、私の来るべきところではないから戻れと指令する。しかし、この機を逃したら、もしかしたら、ここの寿司を生涯食べることができないかもしれない。

部屋に戻れと言い続ける脳を無視する。せめてもの救いは、メニューが外に置いてあることで、自分で払えそうな金額であることを確認して、食べるものを決め、勇気を出して店内へ入った。

中は掘りごたつになったカウンターのみで、私のような客はいなかった。つまり、社用の接待で使う店なのだと知る。人のお金じゃなくて、自分のお金で飲み食いする方が楽しいのにと私は思いながら、一万一千円の寿司のおまかせを頼む。酒は飲まず、ただひたすら出された寿司を食べた。魚を小さく切ったり、あぶったり、細く切った白髪ネギをのせたりするのをじっと見ているだけで楽しい。

突然、自分が雛鳥《ひなどり》になったような気分になる。職人がひとつ握っては、私の前に置く。それをほとんど時間をおかず私は口に運ぶ。親鳥からエサをもらうように、何も考えず、ただ夢中になって食べた。全部で十二貫食べ終えると、私はとても満足した。私の脳がそう言っていた。次の日もその寿司店に行きたかったが、私の脳はやめておけと言う。もう充分に満足したじゃないかと。あーそうかと私は思う。無理してカレーやケーキを食べたのは、私はあれもこれもと並ぶホテルの朝食に心から満足していなかったのだろう。

家に帰ると、三キロ太っていた。やっぱり食べすぎだよなぁと思う。たくさん食べる癖がついてしまったかもしれない、と心配になる。が、家の朝食を食べていると、バイキングのように色々あるわけではない、いつもの定番なのに、とても満足する。ダンナと一緒に食べるからだろうか。

寿司の味はもう覚えていないが、あの日の満足感は忘れていない。でも家にいると、また行きたいとは思わない。行ってもあれ以上の満足感は得られないだろうなぁと思うからだ。普段の満足は何度でも味わいたいが、特別な日の満足は一回でいい。

（神戸新聞　２０１９・９・８）

電池切れ

東南アジアのお土産でもらった、ニセモノのキティちゃんは、歌に合わせて激しく踊るというものだった。それが、電池切れで、白目をむいたままぴくりともしない。なんだか、私みたいだなと思う。

ラジオドラマの脚本を頼まれたのは、春ぐらいのことで、気がつけば秋である。それでも一向に書く気が起こらない。収録の日が近づいてきて、ようやくこれはヤバいと思い、書きはじめた。連続ドラマなので十話書かねばならない。しかもオリジナルだ。なのに、ワープロの電源を入れっぱなしにしてしまい、液晶が焼けてしまって、書いた文字が見えなくなってしまった。勘を頼りに打つしかない。

一日に二話ずつぐらい仕上げていかないと間に合わないと思う。なのに、一話書くのに二日かかってしまった。これではダメだとスピードを上げるが、家事やら介護やらがあるので一日一話が精一杯だ。しかたがないので食事はつくらないことにする。早朝、仕事に出かけ、帰りにコンビニでサンドイッチとコーヒー、それにおにぎりを買って帰る。それを家で仕事をしながら朝と昼に食べる。昼過ぎ外に出て仕事をし、寿司やらフライドチキンなどを買って帰り、それを食べながら仕事をする、ということをして、なんとか四話まで書いた。明日の朝の九時までに書かねば台本にできないと言われる。それまでに全部書くのはどう考えても無理である。しかも明日は講演会の仕事が入っているのだ。講演会の直前まで書き続け、なんとか第五話を仕上げてファックスで送り、会場へ行く。一時間しゃべらなくてはならないというのに、私は何も考えていない。会場を見渡すと、プロデューサーとよく似た男性が腕組みをして、にこりともせず私の話を聞いている。私の罪悪感で、そう見えるのだろう。プロデューサーは、さぞかし怒っているだろうなぁと思うが、こんな私に台本を頼む方が悪いのである。

講演会が終わって、また怒濤《どとう》のように書き進める。この日から、風呂に入るのをやめる。明日がドラマの打ち合わせなので、何としても今日中に終わらせたい。朝のうちに九話を書き上げ、これはいけるんじゃないかと思った。が、突然、書けなくなってしまった。ニセモノのキティちゃんのように、ぴくりとも動かなくなってしまったのである。体が、というより脳がもう働くのはイヤだと言っていた。

体脂肪が、この数日で五%も落ちている。ずっとイスに座っているだけなので、脳がそれだけのエネルギーを使ったのだろう。明日の打ち合わせは、役者さんたちの顔合わせである。その次の日から収録が始まる予定だ。なのに、最終話がない。最悪である。エンドマークがなければ、物語はないのと同じだ。私の口からは、「しんどい」という言葉しか出なくなっていた。全身がカスッカスの状態で、搾《しぼ》っても何も出ないだろう。こうなっては、眠るしかないのである。

私は、遠くにいるプロデューサーに申し訳ないと思いつつ寝てしまった。気がつくと八時間も経っていた。早朝、仕事を再開すると、うそのように脳は働き出し、三時間で最終話を書き上げることができた。あと数時間で打ち合わせが始まるという頃に、ファックスで原稿を送った。

その後、訪問看護師さんと一緒に、ダンナを風呂に入れ、自分も四日ぶりに風呂に入り、この原稿を書いている。

人間って不思議だなぁと思う。ニセモノのキティちゃんは、今も白目のままぴくりともしないのに、しぼりカスのようだった私の体は水につけた高野豆腐のように元に戻り、体脂肪も元に戻った。

最終話を書き終えた早朝、始まったばかりの街を見渡す私に、快感が走り抜ける。脳は、この快感が忘れられなくて、締切ぎりぎりまで仕事をしないのかもしれない。

（神戸新聞　2019・10・6）

デッドストック

四千円のクーポン券の使用期限が迫っていた。京都にある古着屋さんで、アンティークの雑貨等も置いてあるかわいい店のものだ。京都は遠いが、四千円を無駄にしてしまうのも惜しく、券を使うためだけに出かけることにした。

四千円もクーポン券をもらったということは、前回、店にあった欲しい物を買いまくったということで、さすがにもうその店には、欲しい物は残っていなかった。しかし、買い物をせねばならない。

小さなウサギの耳のついた人形に目をとめる。私でもつくれそうな簡単なものなのに、五千五百円もしていたが、私はとても心が引かれた。一九五〇～六〇年代頃に流行った、日本のフランス人形と同じつくり方をしていたからだ。針金に綿を巻き、その上からストッキング生地をかぶせた手足をさわっていると、泣きたいぐらい懐かしい気持ちになる。昔の私は、こういった物が欲しかったのだが、毎日お金がないとぼやいている母に、そんな物をねだることはできなかった。古着屋にあった人形は、雑なつくりで、とことん手を抜いたという代物だったが、私はこんなものさえ買ってもらえなかったのである。

アメリカで買った雑貨だというが、メイド・イン・ジャパンのシールが貼ってあるので、店のお兄さんは首をひねる。戦後、日本はこういった玩具を小さな工場でつくって、アメリカへ輸出していたのだと教えてあげると、へぇそうなんですかと感心する。おそらく、この人形は、私と同じぐらいの年齢だろう。小さな町工場で女の人たちがつくったに違いなかった。その頃の日本の暮らしを考えると、この人形がはいている透き通った緑の生地に白いレースをあしらったスカートなどは、自分たちの生活にはない、とても夢にあふれた物だっただろう。食べるために、こんな物を朝から晩までつくっていたのだ。今見ると、みすぼらしい人形なのに、こういう物に夢を見ていた自分がよみがえる。

状態がいいのでデッドストック品だろう。倉庫で何十年も眠っていたのだ。それはまるで、子供の頃の自分がそのまま眠っていて、今ようやくめぐり会えたように思えた。

テレビで、今の俳優さんが六〇年代の日本を体験するという番組があって、それを見た年下の知人が、ひどいものだったと憤慨していた。今の時代から見ると、当時の日本人は人間扱いされていないと言うのだ。

それはその通りで、私もその頃は人権などないひどい時代だったという記憶しかない。しかし、あの頃には夢や希望があったよなぁと言うと、若い知人はそれは情報がなかったからです、と切って捨てる。たしかにそうだろうと思う。今は、ありとあらゆる情報がお金をかけることなく手に入る。知らなくてもいいことも知ってしまう。今の時代、夢や希望を持てなくなるのは当然だろう。

しかし、と私は考える。希望を持てなくなったのは、私たちは何でも知っていると思い込んでいるからじゃないだろうか。ネットにあることがこの世のすべてだと、知らず知らずのうちに思い込んでいるのではないか。そこから、こぼれ落ちた大事なことも、たくさんあるはずである。六〇年代に生きていた私たちは、知らない世界があるということを知っていた。だから夢や希望を持てたのである。今の私たちは何もかも知っていると思い込んでいる。そこに、夢や希望が生まれるはずがない。

子供のころ買えなかった人形に、五千五百円という値札が付けられている。個人の記憶の値段はこんなもんです、というように。

当時、この人形を手にしたら、ただただ嬉しかっただろう。今の私は、もうそんなふうに思えない。でも、この人形は、あの頃のように、まだ知らないことがあるということを思い出させてくれる。私は、クーポン券と千五百円払って、夢と希望を買い戻した。

（神戸新聞　2019・11・3）

断片

生まれて初めてネイルサロンというところに行った。今はジェルといって、樹脂のようなもので爪全体を固めるやり方があるらしい。それだとマニキュアと違って、すぐに乾くというのでそれをやってもらう。これをすると爪先を使う作業ができなくなりますよと言われた。そのときはピンとこなかった。家に帰って、電子辞書の電池を替えようとすると、取り出すことがなかなかできなくて、なるほどこういうことかと思う。

お店でカードを出したときなんかも、うっかりつるつるの大理石のカウンターに置いてしまうと、薄いカードを、もうつかむことができない。案外、人というのは爪の先を使って生きているんだなぁと思う。

爪をこんなふうに人工的に固めてしまうと、のびようとするのを妨害するんじゃないのかと真剣に心配していたら、若い女の子たちに爆笑された。爪は根元からのびるから大丈夫なのだそう。私は、なぜか爪の先端が植物のようにのびてゆくものだと思い込んでいた。思い込むというか、体の感覚が、そんなふうに馴染《なじ》んでしまっているのだろう。

自分の感覚と違うと思うことがよくある。喫茶店で紅茶を頼むと砂時計を置いてくれる。飲み頃を教えてくれるためだ。ある店の砂時計は、オイルの入ったもので、色がついた油の粒がゆらゆら上へあがってゆく。普通の砂時計と違って、粒が上にあがりきってしまえば飲み頃というわけである。この様子を見ていて、私はどうも落ちつかない。やっぱり砂時計は下に落ちていってほしい。下に落ちるのを見ていると、時間というものは情け容赦なく過ぎてゆくものなんだという、諦めというか覚悟のようなものを感じる。なのに、夢見るように、ふわふわあがってゆかれると、甘い言葉に騙《だま》されて、うかうか生きてしまうんじゃないかと落ちつかない。

私の好きなパチンコ台は、液晶の中でいろんな魚が流れるように泳いでゆくというもので、それは淀《よど》みなく、何時間でも泳ぎ続けているように見える。液晶に映ってないところでも、魚は泳ぎ続けていると思いながら玉を打っているのだが、よく考えるとそんなはずはないと思い当たった。すべては、コンピューター制御しているものなので、実はこの映像は一場面ごとに、紙芝居のように切り取られたもので、それを連続して見せられていると気づいたのだ。その継ぎ目は、人の目で感知できないから、ぐるぐる回っているものが偶然止まったように勘違いし、「あぁ惜しい！　手前で止まってしまった。もう少しだったのに」などと思ってしまう。惜しいもクソもない。あらかじめつくられたそういう映像を時々はさんで見せられているだけなのである。

レコードの溝は渦巻きになって連なっている。これがアナログだそうだ。デジタルというのは、ＣＤのように独立した輪が波紋のようにあって、レコードのように連なっていない。その方が容量をムダにせずにすむのだろう。必要な断片を集めて、無駄なものを削除する方が効率的だからだ。

私たちは、紙芝居をものすごいスピードで見せられているのではないか。誰かにとって都合のいい断片だけが選ばれ、見せられている。本物の紙芝居は、紙をめくる間、こっちがドキドキはらはらしたものだが、今は気づかぬうちに断片の集合体を見せられているわけで、本当にそんなの慣れてしまってよいものなのかと思ったりする。

爪のことなんか、ふだん考えていない。考えるのは、切るときだけだろう。私たちの記憶に残るのは、のびた爪と切った爪の映像だけである。この間の、私たちは気もとめていない時間、体の方は健気《けなげ》に働き続けて、爪を少しずつのばしているというのに、誰もそのことに思い至ることはない。今の世の中は、結果しか見てくれない。そのことに怒っている私も、いつかそんな感覚に馴染んでしまうのだろう。

（神戸新聞　２０１９・12・８）

見えない

ダンナが子供の頃の話である。友人に、「そうかぁ」と心の底から感心するように言われたそうだ。「お前は、二十四時間障がい者なんやなぁ」と。つまり、自分が見えてないときも、この友人は不自由を強いられているのだと、ふいに気づいたのだろう。

自分と会ってないとき、相手がどんなふうに過ごしているかなんて、なかなか想像しにくいものである。テレビなんかで、タレントさんが区切られた時間の中だけで笑い転げたり、怒ったりしているのを見慣れている私たちは、普段の生活で出会う人にも、そんなふうに自分が前にしているときだけを切り取って見ているのかもしれない。見えなければ、ないのも同然なのである。

私など、特にそういう性格らしく、奥の方にしまい込んだ食器などは、ひっぱり出して使うことはない。目の前になければ、存在しないと思っているのである。しかし、果たしてそうなのだろうか。

見えないのにある、と感じることがある。学生だったとき、母がショーウインドウに飾られていたバッグを見るたびに「ええなぁ」とため息をついていたので、私がバイトの給金をはたいて買ってあげたら、信じられないほど喜んでくれた。母は、その店の前を通るたびに、あそこに飾ってあったバッグを私が買ってくれたんだと、とても嬉しそうに言うのである。四十年ほど前の話なので、そのバッグはすでになく、店はカバン屋ではなくなった。なのに、いまだにそのことを思い出すらしく、「あのとき、買ってくれたなぁ」と繰り返すのである。

もうこの世にはないのに、心から思わずこぼれるように落ちてくる、この感じは何なのだろう。私は、ジグソーパズルを思い出す。うっかり一ピースなくしてしまったパズルのようだなと思う。いつもそこだけ欠けているから、そのなくした形がくっきりとあらわれる。

もしかしたら、みんな、今はなくしてしまった、そんなカケラを心の中に持っているのだろうか。なくしたのに、なくした形のまま心の中で空洞になっていて、他のものでは埋めようのないもの。ないのに、形だけがくっきり残っているから、いつまでもあり続けるもの。そんな、ないのにある、というものを私たちは持っている。

ときどき、亡くなったダンナのお母さんのことを思い出す。会った回数は少なく、顔など細かい部分は覚えていないのだが、私の中では蝶々の形で残っている。お墓参りのとき、迷っていたら、とても大きくて黒い蝶が行き先を教えてくれて、それは姿を変えたお義母《かあ》さんに違いないと思ったからだ。ダンナが、私より先に逝ったら、湯気のような形が私の中に残るだろう。いつも風呂上がりのようにつやつやして、上機嫌でのんきな人だからだ。そんなふうに、なくしたものは心の中に降り積もるようにしまわれゆくのだろう。

「お前は、二十四時間障がい者なんやなぁ」と言ったダンナの友人の言葉もまた、私の中に大事にしまわれる。人を思いやるとは、その人なりの、こんな小さな発見から始まると思うからだ。

私が出かけているとき、ダンナは私がこっそり寿司を食べているのを知らない。風呂場で泣いていたりするのも知らない。寝返りをうてないダンナが、ベッドの上で誰かを呪っているのを私は知らない。知らないけれど、全部あるのだ。

今夜、寝る場所のない人がいる。どうにもならないことを、少しのお金で請け負って格闘している人がいる。私の目には見えないけれど、そういう人たちが、この寒い空の下、しのいでいるのだ。

私たちは、どんなに時間に切り刻まれようと、何も失わないし、見えないものを見ることができる。そういう想像する力を、持っている。

（神戸新聞　２０２０・１・５）

愛がない

小学校二年生ぐらいのときだったと思う。学校が終わった後、どこかで遊んでいて帰りが遅くなった。玄関で母が「あんたどうしたん」と驚いた。胸元を見ると、白い木綿のブラウスがずたずたに切り裂かれていた。「どうしたん」と言われても、私にはなぜそうなったのかまるで記憶がない。いつもと違う場所で遊んだのは覚えている。そこに五年生の男子がいたのも、ぼんやりと記憶があり、おそらくその彼に何かされたのだろう。ほんの数時間前の出来事なのに何も覚えていない自分が不思議だった。父と兄がやってきて、これはひどいとブラウスの話ばかりした。兄が「男性恐怖症になるんちゃうか」と笑いながら言うと、父も母も「ほんまや」とつられるように笑い、この件はそれで終わった。私はブラウスをダメにしたことで怒られなかったことに安堵《あんど》した。男性恐怖症の意味は、聞いても教えてくれなかった。その日、布団の中で、そうか私は男性恐怖症になってしまうのかと思うのだが、それが具体的にどういうことなのか、まるでわからず、でもあの言い方は家族にとってとても不名誉なことに違いなく、そうなってしまったなら、それは私が悪いのだと思った。

家族の中で私は一体何だったのだろう。動物の死骸《しがい》を見つけたら、それを捨てにゆくのは私の仕事だった。昔は行政が行き届かず、猫とか鳥とかの死骸が裏庭に投げ入れられたりしていたのだ。私が死骸を怖がらなかったので私の仕事になってしまったのだが、私がその仕事を好きだからやっているということになっていた。

私が親から買ってもらった本は生涯で二冊だけである。兄の方はというと、何種類もの全集を揃えてもらい、それ用のガラス張りの本棚を持っていた。私は隠れて兄の本を読んだ。私が先に読んでしまったら兄の立場がなくなってしまうからだ。私が本を読んでも誰も喜ばないが、兄が読むと両親は安心するのを知っていたのだ。

読書だけが私の居場所だった。しかし、本の中に繰り返し出てくる「愛」というものが、私にはよくわからなかった。私はそれは本の中にだけある、つまりドラゴンのような架空のものだろうと思い込んでいた。

私にとって「愛」は、おそらくお義母さんだ。女子力がまるでない薄汚い私を、お義母さんはとても大事にしてくれた。まだダンナと付き合いはじめて結婚など考えてなかったのにである。お義母さんは、息子であるダンナのことが本当に好きなのだ。その息子が好きになった私のことを無条件に優しくしてくれる。私はそのことに戸惑い、驚いた。「愛」というものが本当にあるのだと、私は思った。その瞬間、私は家族から受けてきたことの数々が、実は私にとって惨《みじ》めな出来事だったのだと思い知った。私はどんなことをされても、自分を惨めだと思ったことは一度もなかった。人生の初っぱなから、そういうものだと家族に教え込まれてきたからだ。私は誰かに真剣に心配してもらったことがないと気づいたとたん、子供の頃の自分がとても惨めな境遇だったことに気づき、泣いた。「愛」があるなら、「愛されない惨めさ」もまた間違いなくある。この二つはセットなのだ。惨めだと泣いている私に、「なかんとき」とダンナは私の頭上に小さな花を降らせてくれる。その優しさに私はまた泣いてしまう。「愛」と「惨めさ」の間を、私は何度も行ったり来たりする。そのことが、とても幸せだなあと泣きながら思う。

「愛」を感じなかった代わりに、「惨めさ」も感じなかったあの頃の私は、広い荒野をただ一人歩いていた。そこには幸せも不幸せもなく、ただ自分を喜ばすことだけを考えていた。今は、みんなに喜んでもらいたい。愛されることを知ると、誰かに惨めな思いをさせたくないと思う。誰もかれもを思いっきり愛したい。

（神戸新聞　2020・2・9）

大人になる

夕暮れ、せまい空き地に遊具がぽつんと置かれてあったりすると、なぜか切ない気持ちになる。根元がバネになった、ところどころペンキがはげているパンダなんかが誰にも遊ばれることなく夕日で赤くなっているのを見ると、後ろめたく思うのは、あんなに遊んだのにいつの間にか興味を失ってしまった自分に気づくからだろう。

自分が変わってしまったと強く思ったのは、広島の平和記念資料館に行ったときだ。私は長い間、怖くて資料館に行けなかった。

子供の頃、家に昭和の四十年を撮った写真集があって、私はその本を開くことができなかった。戦後のストリッパーに群がる男たちの顔や、キャバレーで歯をむいて笑う女たちの生々しい写真の中に、原爆で焼け野原になった場所に置かれた焼け焦げた子供が突然あらわれる。あおむけになった体から手足が四本ぴんと天に向かって伸びているのだが、その先端は焼き崩れて失われていた。魚を焼くと身が縮んでヒレや尾がぴんと立ち、さらに焼き続けるとそれらは焦げて粉々になってしまう。それと同じことなのだろう。

なんで、こんな写真が家にあるのか、私には理解できなかった。私が怖がっているのを知っている妹は、ケンカに負けるとそのページを開いて私を追いかけた。妹は怖くなかったのだろうか。私はすでに十歳ぐらいだったので、これは自然現象ではなく、人がやったと知っていた。そのことが、いっそう私を恐怖させた。それも、ほんの二十年ほど前の話だ。私は原爆が怖くてしょうがなかった。ご飯を食べていても、遊んでいても、二階に行けばあの写真集のある本棚があるということを忘れなかった。

何回か引っ越す度に、いつの間にか写真集のことを思い出さなくなっていた。本棚はあったが、父の遺品を整理したときも出てこなかったので誰かが捨ててしまったのだろう。

広島の平和記念資料館は、外国の旅行者ばかりだった。私は彼らと一緒に鑑賞した。そう、鑑賞だった。それぞれの展示品に心は激しく揺さぶられるのだが、それは子供のときに感じた恐怖ではないことに気づき、呆然《ぼうぜん》となる。昔、私は原爆で焼かれた子供と同じ地面にいたと感じていた。あの子供は自分だと思っていた。いつかこうなるかもしれない。そういう世の中で生きているという恐怖だった。

昔見た写真より、もっと悲惨なものを目の前にしても、私はどこかで人間はもうこんなバカなことをするわけがないと思っていた。私は大人になっていた。

暗い展示室から明るい廊下に出る。全面ガラス張りで、いつもテレビで見る平和記念公園が一望できる。その明るい光の中で私は泣けてしかたなかった。恐怖で混乱することなく、身も心も切り替えることができるようになった大人の自分に泣いた。

遺品のひとつひとつに、家族が大事にしてきたものが見えて、それはお弁当を開いたり結んだりするような当たり前の風景で、それが誰かの都合で簡単に踏みにじられる。誰も戦争をしたくてするわけじゃない。でも、大人になると、状況に合わせて身も心も切り替え、どんなこともやってしまう。私たちの恐怖は底の方にしまわれ、取り返しのつかないことが起こらない限り出てこない。それぐらい、私たちは聞き分けのいい子になっている。子供の頃に遊んだ遊具を置き去りにしたように。

公園を突っ切って、爆心地に向かいながら、『グッドモーニング、ベトナム』という映画を思い出す。ベトナムの戦場で米軍ラジオ局のＤＪをしていた男の話だ。友情だと信じていたものが戦争で踏みにじられる話だった。歩きながら、主人公の最後のセリフが口から出る。

「さあみんな、ハイヒールをはいてお家《うち》に帰ろう」

（神戸新聞　２０２０・３・１）

孤独

私は子供の頃から、不安でしょうがなかった。人と一緒に何かをしたり、共有したりするということが苦手だったのだ。たぶん、やり方がうまく飲み込めなかったのだと思う。幼稚園に上がり、学校へ行くようになり、徐々にその方法を取得していったわけで、日本にやってきた外国人のようなものである。

これさえ覚えれば大丈夫という方程式はなく、ひとつひとつ覚えてゆくしか他にない。人と何かをやるのは楽しいのだが、それはいつも気苦労がともなっていて、私は素潜りをする人のように、だんだんと潜る深さをのばしてゆくように、人と付き合う方法を体になじませていった。

しかし、自分がみんなと違うのかもしれないという恐怖は突然襲ってくる。通い慣れた道が底無しの淵になっているのに気づく。確かなものは何もなく、自分が誰かも思い出せず、踏ん張ろうにも地面がない。私にとって孤独とはそんな感じである。

まだ十代だった頃、沖縄の海で溺れたことがあって、そのときもそんな感じだった。気づくと誰もいない海にひとり浮かんでいた。浜辺ははるかに遠い。帰らねばと思ったとたん、両足がつって私は慌てた。体は沈み、口に海水が流れ込んでくる。死ぬことは怖くなかったが、ここで死んでしまうと母親にひどく叱られると思い、そのことの方がはるかに恐怖だった。私はとにかく力を抜いて体を浮かせ、両腕だけを使って陸に向かった。

なぜそんな冷静な行動ができたのか不思議だったが、後で考えると私は父に海やプールによく連れていってもらっていたことを思い出した。父は私を抱いたまま沖の方まで泳いでゆく。私は怖くて、「足、ついてる?」と必ず聞き、「まだついてる」と聞くと安心した。あれは、プールだったと思う。大人でも足の届かないところに私を連れて行った。父の掌《てのひら》で私の体がすっぽりおさまるぐらいだったから、まだとても小さかったのだろう。私はいつものように「足、ついてる?」と聞くと、笑って「ついてない」と言う。父は足だけで泳ぎながら私を抱いていたのだ。なのに、私は怖いと思わなかった。私の体を包む掌がしっかりと感じられたからだ。その感触は、頭を包むビニールの水泳帽と赤い水着と共に鮮やかに覚えているのに、そのときの父の顔は覚えていない。もしかしたら、父もまた自分の存在を頼りないと感じている人だったのかもしれない。怖がりの私に、足がつかなくても大丈夫と教えたかったのだろう。

溺れた私は、母のいる陸地に向かって泳いだ。私が目指していたのは、浜ではなく子供の頃に住んでいた社宅の庭だ。硬くて苔《こけ》の生えた湿った匂いの土。しゃがんだ私から見える母の足は、ちびたサンダルを履いて洗濯物を干すためにせわしく動いている。地面には木槿《むくげ》の花が雑巾を固く絞ったような形で落ちていた。泳ぎながら、その花のことを思った。私はあんなふうに自分を絞りきっていないのではないか。まだ十九歳で何も始まっていないのではないか。ようやく足の届く場所にたどり着いたときの心からの安心を何と説明すればよいだろう。そう、底無しの淵に立たされたときとはまるで反対の、自分は孤独ではないんだという心から笑いたいような気持ち。

その話をダンナにすると、ヒルコ伝説みたいやなと言われた。神様が最初に生んだ子は体が不自由で葦《あし》の船に乗せて流されたという話だ。えべっさんのことだと教えられ、なるほどと思う。えべっさんも、さぞかし漂流中は心細く、西宮《にしのみや》神社にたどり着いたときは、私のように笑いたい気持ちだっただろう。

ダンナは車いすだし、風貌も福々しい。あんたの方がえべっさんだよと言うと、いや僕は顔を水につけれませんと言う。確かにシャンプーハットがなければ洗髪できない人だった。そんな怖がりの人と、地上十階のマンションの床を踏みしめながら、心の底から笑って暮らしている。

（神戸新聞　２０２０・４・５）

街

少し前のことである。夜になると家の前の道路が通行止めになり、大きな重機が持ち込まれ、人々が黙々と働いているのに気づいた。アスファルトを剝がしているらしい。剝がす場所は、きっちり決められているらしく、それ専用の作業車が慎重に線に沿って動いてゆくと、長方形の土があらわれた。私は、そうか、道路の下は土なんだと、当たり前のことに気づいてちょっと感動する。

そういえば、このあたりは昔、競馬場があったと聞いたことがある。車がせわしなく走るこの広い道路に、かつて馬が駆けていたのだと思うと不思議な気持ちになる。

もし、競馬場がそのままうまく運営し続けることができていたなら、このあたりはまた違った表情の街になっていたかもしれない。そうなると、私はここに住んでいなかったかもなぁと思う。

アスファルトを剝がした後、小さなでこぼこを直すのは人の手で、スコップやらホウキやらを持った作業員がてきぱきときれいにならしてゆく。何台もの大きな重機が狭い道路を行ったり来たりするのは、とても危険な作業であるはずなのに、全員があらかじめ動きを決められた役者のように、無駄なく移動してゆくさまが見ていて気持ちいい。

私が子供の頃、家の前がアスファルトになるというので、おおいにテンションが上がった。原料であるコールタールの熱せられた独特の匂いをかぎたくてたまらなかったのだ。今思えば、どう考えてもいい匂いではないのだが、他に娯楽がなかったのだろう、それは非日常の匂いだった。おじさんがローラーを引っ張ってならしてゆく。私たちは、それを誇らしく見つめていた。いよいよ、家《うち》もアスファルトかぁという感じである。

しかし、アスファルトになっても、そこでやることは同じだった。ゴム跳びをしたり、焼き芋を買い食いしたり、転んでケガをしたり。そういえば、車はほとんど通らなかった。まだその頃は、硬いアスファルトにおおわれても、道は人のためのものだったのだろう。その後、あっという間に道は車のためのものになった。

子供が行ける場所には限界があって、道は続いているのに、ある所より向こうには行ってはいけないと言われていた。なので、道は未知の世界につながる夢であり未来であった。

そのときの私は知らなかった。家の前がアスファルトになったのは、日本の国力を上げるためだということを。日本中に張りめぐらせた道路のおかげで、国民総生産（ＧＮＰ）が上がった。

私のマンションの前の道路をずっとずっと左に行くと三井住友銀行に突き当たる。私たちは、どの道も最終的には行き止まりになっていることを知っている。もう道に未来を見ることはないのである。

もし、もう一度、昔みたいに夢や未来を見たいのなら、アスファルトを剝がせばいいのかもしれない。今と同じ便利な生活は根こそぎ奪われるが、それでも生きるためには、そんな希望のようなものが必要なんだと、みんなが考えるなら、それは簡単なことだろう。アスファルトから土まで、何メートルもあるわけではない。土の上に薄くおはぎの餡《あん》のようにかぶさっているだけなのだから。街は生きている。たぶんこの先もどんどん変わってゆくだろう。どんな場所にしてゆくかは、私たちの自由である。

マンションから見下ろすと、つくりたての道路の部分だけが羊羹《ようかん》みたいにつやつやとなっていて、わけもなく嬉しくなる。

子供の頃、大人が真剣に何かをやっているのを見るのが好きだった。頼もしくて自分も何かできそうな気がしたのを思い出す。

今もコロナウイルスのことで、誰かが真剣に考えたり走ったりしているはずで、その一部始終を見ることができたらなぁと思う。子供の頃のように、まだ私にも、何かできると思いたい。

（神戸新聞　2020・5・10）

私たちの地球

バスの中、前に座っている男性の後頭部に見入ってしまった。刈り込まれた短い毛の渦になったつむじが二個あって、それはゴッホの油絵のタッチのようだった。夜明け前の空を描いた『星月夜』という作品を思いだす。男性の後頭部の空は、ゴッホが見たであろう渦巻く空気に、毛の生えていない粒状の地肌が星のように点在している。そこに、走る窓から陽《ひ》が射し込んだかと思うと、影になる。その光が、ちょうど非常口のステッカーを通すものだから、男性の後頭部は、明るい緑になったり、深い灰色になったり、目まぐるしく変わる。その様が美しい。ゴッホの絵と同じぐらい美しいと思うのは、男性の後頭部の肌が生きているからだろう。

テレビの中で、柚木沙弥郎《ゆのきさみろう》さんという染色作家が、宅配便の送り状を引っくり返し、ほうら面白いでしょうと見せてくれた。送り状の裏は、必要な箇所だけカーボンが貼り付けてあって、その黒い部分が日常ではあまり見かけないユーモラスな形になっている。それを見せられた私は、ふいをつかれる。美しいものは気づかないと見えてこない。

コロナのせいで、オリンピックが延期になったが、世界はそれより過酷な競争が始まってしまったみたいだ。最初は感染者数がいかに少ないかを競っているだけなのだろうと思っていた。コロナウイルスは国境の概念など持っていないのにバカな話だなぁとのんきにテレビを見ていた。しかし、大国がこぞってワクチンや特効薬の開発に力を入れているのを見ていると、もちろんそれは人類のためなのだが、どこが先んじるのか、国盗り合戦の始まりのように思えてきた。

今回のことで、国の指導者は言うとおりにしない国民を悪者と決めつけることができるようになってしまった。緊急事態なのだから仕方ないと私も思う。心配なのは、家から出ないという異常な状態を、刷り込まれてしまったということだ。今後、我々は異常を異常とは思わなくなりはしないか。

パンデミックなら仕方がないが、この後、国の方針に従わない者に罰則を与えると言われたらどうだろう。ウイルスを封じ込めるためなら仕方がないと思うのではないか。それが誰かの利権を守るためのものにすりかえられ、場合によっては戦争に巻き込まれることだと、うかつにも気づかなければ、地球は、今以上にごく一部の人のものになってしまうかもしれない。

ときどき、もし敗戦国が原爆を使っていたならと考える。世界中から非人間的だと徹底的に非難され、核は封印され、今日のように核が拡散される世界にはなっていなかったかもしれない。勝った側の論理に押し切られ、核の使用に正当性を持たせてしまったのは、私たちの間違いだったのではないか。

しかし、私は楽観的だ。この在宅期間に、きっとみんなの考えが変わったのではないかと思っている。家事を誰かに任せっきりの人は、毎日出るゴミの量に地球のことを思っただろう。

家族は疲れていないと、ちゃんと話もできるし、笑えるし、気遣いもできるものだとわかって、大事にしたいと思っただろう。

私たちは、誰かに言われたから自粛したのではない。皆で生きていたいと、肌でそう感じたからそうしたのだ。距離をとるしかない今だからこそ、私たちは強くそう思っている。そのことを忘れないでおこう。どんなコトバを信じて、どんなコトバを拒むのか。私たちが今感じていることが、この後の世界を決めてゆく。みんなが等しく、ずっと使える地球になるかならないか、そんなはざまに私たちは今いる。

そんなことを考えながら洗濯物を干していたら、ダンナの靴下にWとPと書かれているのに目がゆき、これってワールド・ピースのことじゃないのと気づいた。毎日、何も考えずに、洗ったり畳んだりしてきたが、こんな身近なところに世界平和があったとは。私は今後、この靴下に触れるたびに、地球を思い浮かべるだろう。それは、日々どこかで、誰かが美しいと思っている場所だ。

（神戸新聞　２０２０・６・７）

いる

テレワークのおかげで、パワハラの告発が増えているのだと、知人が言っていた。次の朝、会社に行って顔を合わせないと思うと、普段は言わずにのみ込んでいたことを、吐き出せるらしい。

私たちは、案外、顔の圧力に弱いのかもしれない。話の内容より、押しの強さとか声の大きさとかがものをいう世の中なのだろう。ネットの会議になってから、若い人が発言するようになったという話も出てきて、どうしてだろうねぇと私たちは首をひねった。誰も話さないと、普段しゃべらない人も口を開かざるを得ないんじゃないですかと言う。会議室にいさえすれば、何も言わなくても参加したことになるが、ネットの場合、そうはゆかないのだろう。

存在感がないと言われている人も、そこにいれば私たちは知らず知らずのうちに、その人の何かを感じ取っているのかもしれない。

昔、テレビゲームのパチンコにハマった。液晶に映る弾かれる玉を見ているだけなのだが、それでも玉数が減ったり増えたりするのが楽しくて、一日に何時間もやっていた。そんなとき、そうだ、久しぶりに本物のパチンコをやってみようと店に入ったのだが、私は本物の鉄の玉が弾かれてゆく様子を見て、ひどく心が揺さぶられた。どう表現すればいいのだろう。そこに玉が「ある」という感じが半端ないのだ。玉のぶつかる音や、手に伝わる振動は、テレビゲームに慣れてしまった私には、乱暴でスマートでないのだが、それが楽しかった。

「ある」というのは何だろうと思う。アニメの登場人物のフィギュアを手に入れたい気持ちはとてもよくわかる。さわりたいのはもちろんあるが、自分の元に確かに「ある」と納得したいのだ。

三次元は、まだ私たちのものだ。ビロードのような手ざわりの葉っぱも、錆《さ》びた鉄の扉も、つるつるのデパートの床も、匂いや手ざわりでそこにあるものと信じることができる。しかし、このまま、人工知能（ＡＩ）の能力が向上してゆくと、それさえも人工的につくり出してゆくだろう。そのとき、私たちは「ある」ということに確信を持てなくなってしまうかもしれない。自分のことさえ、「ある」と確信を持てなくなってしまったらどうしよう。確かなものがないまま、人はどうやって生きてゆくのだろう。

ある日、私のところに誰かがやってきて、あなたの人生は全部作り物でしたよ、と告げられたら、それはショックだが、だからといって、自分の過ごしてきた時間のすべてがなかったことだとは思えないだろう。

人生にかかわった人、すべてがお金で雇われた人であったとしても、あるいは人間ではなくロボットだったとしても、私が見ていた長い長い夢であったとしても、緊張の後のほっと空気がゆるんだ感じとか、怒りをぶちまけて受け止めてもらった手応えとか、本当にあったこととして、私の中にいつまでも残ってゆくはずだ。

街なかで「いやぁ、久しぶり」と声を上げている人を見た。コロナで長く会えなかったのだ。きっと、互いに、遠くで姿を見つけたとき、「あ、いた」と心が浮き立ったことだろう。

ダンナと一緒に暮らし始めたとき、朝起きて、隣でまだ眠っている彼を見つけたとき、不思議な気持ちと嬉しさで、思わず「あ、おった！」と叫んでしまった。

会えなくなった人がいる。それでも無性に会いたいと思うのは、頭の中だけではどうしても処理しきれないものがあるからだろう。理屈だけでは、自分を納得させることができない何かだ。

会いたいというのは、その人が、「いる」ということを、ただ感じたいだけなのだ。私もあなたも、分け隔てなく、そう思ったり思われたりしている。

会いたいと思うのは、無事にいてほしいという、祈りみたいなものなのだろう。


（神戸新聞　2020・7・5）

誰かと

必ず見るショーウインドウがある。有名な高級帽子店で、奥をのぞくと私など絶対に縁がないと思われる、たとえるならエリザベス女王がかぶるような帽子が並んでいる。床も毛脚の長い絨毯《じゅうたん》が敷きつめられていて、私などそれだけで恐れをなし、よし買うぞという決意を持ってないと入店できそうもない。

そこに以前から売られているお碗《わん》のような形の帽子があって、それがずっと欲しかった。しかし、私は過去四十年余り、男の子のようなかっこうをしていたので、そんな帽子は似合うわけがないと諦めていた。

今の男の子はお洒落《しゃれ》だが、四十年前は着る物にお金をかけているのは、金持ちの坊ちゃんか不良で、まともな男ならそんなものより、もっと大事なものがあるだろうと思われていた。それは言い換えれば、女には大事なものなんてないんだから、せいぜいお洒落して男の気でも引いておけばいいんだと言われているような気がして、私は服を買うのも化粧するのもアホらしくなってやめた。それに費やす時間とお金を自分のために使うことにしたのだった。

今のように、女の子が自分を喜ばすための商売が充実していなかったので、私は自分で自分を喜ばす方法を考えるしかなかった。スキーやテニス、海外旅行、食べ歩きと、当時のＯＬとしては度を外していろんな遊びをやり倒してきた。もちろん、どれも夢中になるのだが、慣れてしまえば最初ほど楽しいものではなくなってしまう。

本当に自分を喜ばす方法がわかったのは、今のダンナと出会ってからで、気の合う人と一緒に時間を過ごすということが、実はいちばん楽しいのだと三十歳を越えてようやく知った。

友人と見た海の夕日は、今も忘れられないが、それは別にハワイじゃなくてもよかったのだ。何処《どこ》でとか、何をとか、そんなことは重要じゃない。誰となのか、それだけが大事なことなのだ。

最近、久留米絣《くるめがすり》のワンピースを買った。一反つくるのに一カ月かかるという手間のかかったもので、当然、高額なものになる。着物が売れなくなっているので、ワンピースに仕立てたのだろうが、洋服では着物のように高い値段をつけることは難しい。誰かが泣かなければ、流通にのらない。商売にならないものは、いずれすたれてゆくだろう。

手で織った紬《つむぎ》は、まさに布という感じで、人が暮らしてゆくということが、どういうことだったのか、言葉より雄弁に教えてくれる。これほどの技術が、あと少しで間違いなく消えてしまうのだ。これを織った人を私は知らない。知らないが、その人の紬に費やした時間と情熱を想像し、とても残念に思う。私はこのワンピースをくたくたになるまで洗っては着るだろう。これもまた、誰かと生きるということなのだろう。

さて、高級帽子店である。私は勇気を出して店に入った。目当ての帽子を買って、店を出ようとしたとき、大きなつばの麦わら帽子を見つけ、私の目は釘付けになる。素材は麦わらではなく、麻を三角模様に編んだもので、黒いベルベットのリボンがついている。手で編まなければこんなものはできないだろうなぁと感心して見ているうちに欲しくなる。どう考えても金持ちのマダムにしか似合いそうもないお洒落な帽子だが、なぜか亡くなった父と行った海水浴を思い出す。金魚のような水着の私を抱えて、父は沖の方まで泳いでいき、大きな麦わら帽子の下で笑っていた。

街でかぶるには大胆すぎますかね、と店員さんに聞くと、気持ちのいいぐらいきっぱり「大丈夫です」と言ってくれたので買ってしまった。店を出て、坂道を下りながら、そうか、私はこの街を父と歩いてみたかったのだと気づく。

今日も私は誰かとこの街で生きてゆく。会ったことのない人と、死んだ人と、生きている人と一緒に。

（神戸新聞　２０２０・８・２）

居場所

エッセイで、あることにびびってると書いたら、さらに怖がらせようとする人がいて、そのことをネタに、私にプレッシャーをかけてきた。そのやり方があまりにも幼稚なので笑ってしまった。

びびってると書くと、そのまま信じる人がいる。こっちはそう書いた方が効果的だと思うからそう書いただけなのに。そもそも、本当にびびっていたら、誰の目にも触れる場所に書くわけがない。その怖さと徹底的に闘ってやるという固い決意があるからこそ書けるのである。本当に怖いことは人には絶対言わない。みんなそうなんじゃないだろうか。

ガンになった父が、私にだけそっと打ち明けたことがある。父は手術の後、「地獄からよみがえった男」と書いたゼッケンをつけて、意気揚々とマラソン大会に参加し続けてきた。それなのに、実は体がきついので走るのはもうやめたいのだと言う。やめればいいじゃないと私が答えると、父は暗い顔をして、やめると今ある人間関係がすべてなくなってしまうねんとため息をついた。言いたい放題の傍若無人な人だと思われていた父が、人生の最後にきていちばん恐れていたのが、自分の居場所がなくなるということだった。

父は十二歳のときに、神戸港から満州に渡った。祖父の再婚相手と折り合いが悪く、あからさまにいじめられたようで、家に居場所を見つけられなかったのだろう。満州で終戦を迎え、南下してきたソ連軍に捕らえられ、収容所に入れられた。そこでの暮らしは、飢えと寒さと労働で、想像以上に厳しいものだったらしい。にもかかわらず、仲間と一緒に野良犬を捕まえて食べた話や、自分がそこで瀬戸内の黒ヒョウと呼ばれていたことを、父は実に生き生きと話すのである。苦しい中にも楽しい思い出があるのは、そこに父の居場所があったからだろうと想像する。

私は泣くとき、必ずもぐり込む場所がある。うちの家は角部屋で、どの部屋も窓から光が射してくる。私は唯一その光の射さない暗い洗面所のシンクの下にもぐり込み、そこで小さくなって泣くのである。目の前の洗濯機がガタガタ揺れるのを見ているうちに、いつもの自分が戻ってくる。昨日汚したタオルやらTシャツやら下着やらがきれいになってゆく音だった。やがて、洗濯終了のメロディーが流れ、私にベランダに出ろと命じる。私はのろのろと洗濯機から衣類を取り出して窓を開ける。私の心がどんなに荒れていようと、窓の外はいつもと変わらない風景だ。

昔、テレビの連続ドラマを書いているとき、詰まるとプロデューサーが声をかけてくれた。「木皿さんならできますよ」という、誰でも言いそうなコトバを、何度も何度も繰り返す。その頃は、もっと気の利いたことが言えないのかと心の中で毒づいたりしていた。彼と仕事をしなくなって久しいが、壁にぶち当たると、私は彼の口真似をして、「木皿さんならできますよ」と独り言を言っている。今ならわかる。苦しいとき変わらないものがあるということが、どれほど頼もしいことか。もし、ベランダから見える風景がなくなったら、洗濯機の音が消えたら、プロデューサーのコトバが思い出せなくなったら、私はうまく生きてゆけるだろうか。

自宅療養で亡くなった父の最期のコトバは、出かける私に「絶対、帰ってきてや」だった。仲が良かったわけではないが、私と父は死ぬ直前の一カ月ほど、いろんな話をした。もう走れなくなった父の居場所は、私だと思っていてくれたのだろうか。

テレビニュースで、黒人が現地の警官に背後から撃たれたというのを聞いて、なくなるのは、その人の命だけではないなぁと想像する。その人のいる場所に帰りたかった人はどこに帰ればいいのだろう。

その人のつくった居場所を根こそぎ奪ってはいけない。それは、その人のものだから。当たり前の話だと思うのだが。


（神戸新聞　２０２０・９・６）

葉の裏

何かを盗んだことなどないと思い込んでいたが、よく考えると一度だけあった。四十年ほど前の話だが、図書館で借りた本をずるずると返さず、ずっと手元に置いていた。それは、三島由紀夫の『葉隠《はがくれ》入門』という本だった。江戸時代に書かれた武士の心得の口伝《くでん》を、三島が解説したもので、なぜそんなものに興味を持ったのか今となってはわからない。

その本は、何度も引っ越したにもかかわらず、ずっと家の本棚にあった。スティーブン・キングの「図書館警察」という小説は、そんなふうに返しそびれた図書館の本を突然返せと見たこともない者がやってくる、とても怖い話だった。なので、今でも心がチクチク痛み、できれば返したいと思っているのだが、その本がどこにあるのかまるでわからないのである。見えないけれど、それはあるはずで、盗んだものが家にあるというのは、いったんそれに気づいてしまうと落ちつかないものである。

部屋にあるもののほとんどは、私が買ったもので、その値段も覚えている。もちろん、もらったものもあるが、それは私たちのために買われたり、つくられたりしたもので、この部屋に来るべくして来たものたちである。

しかし、『葉隠入門』は違う。たまたま何かが外から紛れ込んできた、という感じで、喉に残る魚の小骨のように思えた。

『葉隠入門』は死について書かれた本だった。読んだのはずいぶん前なので、そのほとんどは忘れてしまっているが、「武士道というは死ぬ事と見つけたり」という有名な言葉に、私はいやそんなこと言われてもなぁと困惑した。しかし、読んで心に残ったのは死ぬことではなく、生きるというのはこういうことかぁということだったように思う。

テレビに出ている有名な役者さんたちが、このところ何人も亡くなっている。自殺だと報道されるたびに、私たちは不条理なものを突きつけられたようで、困惑する。でもきっと、そのときの本人には、その方法しかなかったのだろうと想像する。それがいいことであれ悪いことであれ、考えたことが頭から離れなくなってしまうことがある。自殺というものも、そういうものかもしれない。今まで気にもとめなかったことが、見過ごせなくなり、心の中に絵の具が絞り出されたように、その色だけでいっぱいになってしまう。

どんな死も、正しいとか正しくないとかはないだろう。死を知らされたとき、その人が生きてきたすべてが、突然くっきりとした輪郭線をもって立ちあらわれ、そして、そのあったはずの線がみるみる消えてゆく。私にとって死とは、いつもそんな感じだ。そこには、嘘がない。死ななければならなかったという事実だけが、身も蓋もなく残って、私たちはどんなに不本意であっても、それを受け止めなければならない。

何回も何回も、そんなふうに亡くなった人を見送ってきたことを思い出す。まるで、何かの練習のように、繰り返し繰り返し。そうやって、亡くなった人は教えてくれているのだろう。たとえ不条理と思えることでも、その身に深くしまわなければならないこともあるということを。

三島由紀夫は『葉隠』を少年の頃から愛読し、何十年も手元に置いていたそうである。私もまた、その経緯はまるで違うが、何十年も手元に置いてきたわけで、今思えば、私の暮らしてきた場所に、いつも「死」が紛れ込んでいたわけである。私たちの日常を際立たせてくれるために、それは今もこの部屋にあるような気がする。

日常で飛び交う、おびただしい数の言葉たち。一つの言葉が一枚の葉っぱだとすると、その一枚一枚の裏に、言葉とは裏腹の何かが隠れていたりするのだろう。それは、一人一人の心の底に深く沈んだ、どうにかしたかった想いだ。それらは秘められ、葉の陰で忘れられるのを待っている。

（神戸新聞　2020・10・4）

世の中を渡る

幼稚園にゆく前から誰に教えてもらったわけでもないのに字を覚え、よく本を読んだ。しかし、そこに書かれていることに、どうしても納得がゆかなかった。花や動物が平気でしゃべるのだ。大人は、こんな簡単なウソをどうして放っておくのか、不思議でしょうがなかった。

こんなふうに、世間の暗黙のルールというものが欠落していたので、最初の集団生活である幼稚園は、私にとって何が何だかよくわからない場所だった。

シュウちゃんと呼ばれる乱暴者の男の子がいて、みんな、その子の言いなりだった。私はそのことが理解できない。つまり話し合いもなく、いつの間にかそうなっていることが不思議でしょうがなかったのだ。

ある日、おとなしい内田君をいじめているのをみつけ、私はシュウちゃんの腕に嚙みついた。すると、彼は大きな声で泣きだした。私が驚いたのは、その泣き声より、先生や園児たちのリアクションだった。とんでもないことが起きてしまったというような顔で呆然としていた。シュウちゃんが泣くとは誰も思ってなかったのだ。しかも、一日の半分ぐらいは泣いて過ごしている弱虫の私が、まさかそんなことをするとは思っていなかったのだろう。

それ以来、みんなの関係が少し変わった。シュウちゃんは愛想よく私に話しかけるようになり、私は内田君が好きらしいということになっていて、先生はいつも隣に座らせた。私はシュウちゃんの卑屈な笑顔に納得がゆかず、なんかイヤだった。まるで打ち合わせをしたかのように、みんなが息を合わせ、ガラッと関係を変えてゆく。なんかお芝居みたいだなぁと思った。これが、私の世の中というものに対する最初の感想だった。

小学校三年生までは、男女が一緒に教室で着替えることになっていた。とはいうものの、この頃になると羞恥心《しゅうちしん》が出てくるもので、プールのときなどは、女子は大変だった。男子は教室の真ん中で堂々とパンツを脱いでいるのに、女子はバスタオルで隠しながらコソコソと、まるで悪いことでもしているように着替えねばならない。私は突然、そのことが理不尽だと思った。気がつくと教壇に駆け上がり、みんなに向かって叫んでいた。「みんな同じ裸なのに、何でコソコソ隠れて着替えなきゃなんないの。私は隠さず着替える」と、その場で堂々とパンツを脱いでいると、お調子者の男子が三人、同じように教壇に上がってきて、「そうだそうだ、言うとおりだ。隠す必要なんかない」と同じように服を脱ぎ始めた。このとき、他の生徒たちは黙って見ていた。とくに女子はドン引きで、誰にも受け入れてもらえていないのがすぐにわかった。私は次からは、みんなと同じように教室の隅でコソコソ着替えた。

絶対壊れない何か硬いものにぶつかった感じだった。それは、この教室にだけあるものではなく、女の子たちの家にもあって、さらに言うなら、その父親の会社にもあって、世の中全体を覆っていた。子供の私にとうてい太刀《たち》打ちできるものではない、と直感的にわかった。

その後、私はそれに似たことに出会うと、「あぁ、あの硬いアレだな」と思った。人を引きずり下ろそうとする嫉妬からくる悪口や、ただ貧しいというだけでなされる仲間はずれ。並外れている者は、それが良くても悪くても、排除される。そして本当にそれでいいのかと立ち向かおうとすると、必ずあの教室のように、どんよりとした沈黙に包まれる。

私が嚙みついたシュウちゃんも、そんな空気を感じたのだろう。突然、自分の言いなりにならない世界になっていることに気づき、それで怖くなって私に笑いかけてきたのだ。

あれから半世紀ほど経った。私はシュウちゃんのような笑顔をつくり、ヘラヘラと世の中を渡っている。

（神戸新聞　2020・11・8）

悲しい

朝食をとりながらスマホで音楽を聴いていて、うっかり醬油さしを倒してしまった。それがスマホにもろにかかった。あわてた。私は、スマホをもって台所へ走る。洗うのはまずいので、布巾でふくのだが匂いが取れない。スマホで聴いていたのは、エレファントカシマシの『悲しみの果て』だった。

悲しかったのは、高校時代の弁当。おかずは醤油で煮しめた竹輪《ちくわ》とかこんにゃくとかで、その汁がゆるゆるの弁当箱の蓋から染み出し、包んでいるハンカチを茶色に染める。そんなのが通学カバンに入っていると思うと十代の私は憂鬱《ゆううつ》だった。教科書やノートに匂いが移るだろうなぁという、ちょっと悲しい気持ちを思い出す。

今はそれとは少し違う。醤油はほっとする匂いだ。ダンナは車いすの生活で、体を保持することが難しく、食事のときはどうしてもこぼしてしまう。なので、醤油が染み込んだ襟元はダンナを思い出す懐かしい匂いだ。私は街を歩いているとき、この醤油にまみれたスマホを匂うだろう。ダンナの襟元の匂いが、見知らぬ人が行きかう雑踏の中でも、私に帰る家があることを教えてくれる。

誰が見てもマイナスだと思われることでも、ハッピーなことはある。私の額の真ん中に、小さいが深い傷がある。ちょうど髪の生え際で、そこだけ彫刻刀で彫ったようになっている。そのことをよほど気にしていたのだろう、母に、あんたは絶対に髪を上げたらアカンと言われてきた。生まれてくるときに、へその緒が頭に巻きついたらしい。首だったら死産だった。仮死状態の私は、保険適用で兄妹より出産費用が安く済んだそうである。

ハッピーだったのは、そんなことではない。この傷をとても愛《め》でてくれる人がいたのだ。その人は、幼い私の髪に触り、何気なく額の傷を指でなぞる。そして、声に出さず、「あるある」ととても嬉しそうな顔をした。その人の顔はよく覚えていないのに、そんなことだけはよく覚えている。たぶんそれは、私を可愛がってくれた叔父だったのではないかと思っている。親戚中が妹の方が可愛いと言っていたのに、なぜかこの叔父だけは、私の方が美人だと言い張ってきかなかった。いつも酔っぱらっているような人で、みんなから変人扱いされていた。私のことはいいから、妹の方が可愛いと言ってくれと、私は心の中で願っていた。私のせいで、この人が軽く扱われるのはイヤだったのだ。みんなが欠点と思っているこの叔父の癖、たとえば酒を飲むことや、すぐに嘘をつくことを、私はこの人の優しさだと思っていた。逃げることをしない人だった。その代わりに自分が傷ついて酒を飲み、嘘をついていた。私もまた、彼の欠点を見つけ、私だけがこっそりと愛でていたのだ。

母にとっては、なかったことにしたい傷だろうが、私にとっては勲章だ。寂しくなると傷を指でたどり、私は愛されていたんだなぁと一人でにやにや笑っている。

しかし、ダンナにとっては別の思い入れがあるらしく、私が傷を見せると、「旗本退屈男みたいや」と喜ぶ。昔の時代劇のヒーローらしい。叔父もまた、旗本退屈男だと思って、面白がっていただけなのかもしれない。それでもかまわない。あのときの優しい指の感触や、みんなが気づかないものを見つけてくれた小さな喜び。それは、私の実感として記憶にとどまっている。

『悲しみの果て』という歌の歌詞にこうある。「悲しみの果てに　何があるかなんて　俺は知らない　見たこともない　ただあなたの顔が　浮かんで消えるだろう」。

そのとおりだなぁと思う。悲しみの真っただ中は嵐のようだ。いろんな記憶が掘り返され、ごちゃまぜの感情に翻弄される。でもそのあと、愛されていたという記憶と、愛したという記憶だけが、人の顔のかたちになってあらわれる。悲しいのも悪くない。

（神戸新聞　２０２０・12・13）

マイシークレットライフ

真実の館

ある人に、私たち夫婦について書いてもらったことがある。ものすごく格調高い文章なのに、「木皿さんの家に上げてもらったとき」という一文があって、「上げてもらった」という部分が、へりくだり過ぎていて、自分のことを犬か猫みたいに思っているのかしらと笑ってしまった。

別の人から送られてきたファックスに、「また、チクワを持ってゆきますので、入れて下さい」という文章があって、これも笑ってしまった。チクワはダンナの好物である。ギャグで書いていると思うのだが、「入れて下さい」は、なんだか日本昔話の世界のようだなあと思う。

うちは、そんなに敷居が高いのだろうか。仕事柄、初めての人も「どうぞ、どうぞ」と招き入れる、とても親しみやすい夫婦だと自分たちのことを思ってきたのだが。

ものすごいファンなんですという男の子がいて、一度会えば気がおさまるかなと思い、じゃあ来て下さいと呼んだことがある。その子は俳優志望らしく経験もあるというのだが、よく聞くとそれはエキストラの仕事だった。我々も業界人のはしくれである。その子の考えは、どう見ても甘かった。学校の三者面談のように向き合って、私たち夫婦は、それじゃあ俳優はおろか他の仕事も無理だと思うよと懇々と言い聞かせ、その子は「はぁ」と不本意な顔をして帰って行った。玄関を出るとき、オレ、何しにここに来たの、という狐につままれたような表情だった。

その男の子にはかわいそうなことをした、と後で思った。それ以来、ファンの人を家に呼んでない。私は、子供だろうがプロだろうが、本当のことしか言わない。作家は、「はい、やります」と言ったからには、やりきらねばならぬのが仕事だからだ。

もしかしたら、うちは、社交辞令などをすっとばして、突然、本当のことを語りだす家なのかもしれない。だとしたら、それは普通の人にとって、ちょっと怖い家なのかもしれない。「入れて下さい」は、怖いけど癖になったのでまた来たいです、というリピーターの声なのかもしれない。

（「小説推理」双葉社／以下同　２０１８・３）

子供の時間

紅茶を頼んだら砂時計も一緒に持ってきてくれる店がある。三分経ったら注《つ》いで下さい、ということだ。隣の席に小さな女の子がいて、その砂時計の上の部分を真剣な顔つきで、とんとんたたいていた。はやく落ちろ、ということなのだろう。たとえ三分でも待っている時間がじれったいのだ。かわいらしいなぁと思うのと同時に、そうだった、子供の頃は時間というものが果てしなく長くあるような気がしたものだ、ということを思い出した。

母の買い物についてゆき、そこでばったり知り合いに会おうものなら、母はおしゃべりを始めるのだが、その時間はとてつもなく長かった。何もせず待たされる子供にとっては地獄である。考えてみれば、子供には終わりが見えない。いつまで待てばいいというのがわからない。そういうのは、きっと日々の体験で培《つちか》われてくるものなのだろう。

有名店の行列も、並んでいる人は、大体これぐらい待てば順番が来るだろうとわかっているのだと思う。私などは素人なので、行列に並ぶのは怖い。いつまで並べば先頭にたどり着くのか、その感覚がまるでないからだ。なので、行列を見ると、なるべく寄りつかないようにしてきた。

そう思っていたのに、先日、デパートで苺パフェがいかにもうまそうだったので並んでしまった。列はまったく動かない。しかし、後ろはすでに何人か並んでいるので、それが惜しくて、今さら列から外れることができない。もはや、苺パフェを食べたいというより、何がなんでも、周りにいる人より損をしたくないという気持ちである。

ふと、悪事におちいるってこんな感じかしらと思う。気軽な気持ちで入ったはいいが、本来の目的を見失ってしまう感じ。子供は、そんな悪事におちいらない。それは、並んでいることに飽きたら、損得など考えずに躊躇《ちゅうちょ》なく列から外れることができるからだ。

もしかしたら、時間がないと嘆く大人が時間を無駄遣いして、時間が途方もなくあると思っている子供の方が、無駄なく時間を遣っているのかもしれない。


（「小説推理」２０１８・４）

殻を割る

卵の殻を見ると悲しくなる。夢を見終わった後のような気分になってしまう。

小学生のとき、遠足のリュックに入れていいのは百円までのおやつだった。前日、百円玉を握りしめておやつを買いにゆくと必ず同級生と会う。お菓子を選ぶみんなの目は真剣だった。百円ものお金を自由に遣えるのは、こんなときだけだったからだ。この時間から遠足は始まっていたのだろう。バナナとゆで卵は、おやつ以外の扱いだった。果物は裸のままリュックに放り込まれていて、必ず持ってくるように言われたビニール袋は、ゴミ袋用として大切に小さく折りたたんだ。

缶入りのオレンジジュースを持ってくるのは、金持ちの家の子だ。小ぶりの缶に、とてもちっちゃな缶切りがついていた。それを飲んだ子は、たいてい車酔いをして、誰かが「先生ッ！」と大声を上げる。バスの中で開く歌のしおりは、わら半紙とガリ版印刷の匂いがした。やることがないからか、用もないのにリュックを開いたり閉じたりする子。隣の子に、しおりを見せながら今どこを歌っているのか教えてやる子。私は、窓の外を見るのが大好きだった。そこに住む人たちの日常の風景の中を走り抜ける爽快な気分。

遠足が終わって、家に帰った後、リュックからゴミ袋を取り出すのだが、中は卵の殻とバナナの皮が絡みあっていて、それは夢の残骸だった。私にとって、卵の殻は非日常の終わりを告げるものなのだろう。

と思っていたが、朝、卵を割っていて、ふいに中にいる者にとっては、もしかしたらこの殻は大変なものなんじゃないのかと気づいた。長い長い夢の時間を終えた雛鳥たちは、まずこの壁を打ち破って、この世に出てくるわけで、生きるための最初の試練だろう。そんな者たちから見れば、卵の殻は終わりではなく、始まりなのだ。

気がつけばもう桜の季節である。別れたり出会ったりと気持ちがゆさぶられ、思うことはいろいろあるが、殻を割らねば何も始まらない。

（「小説推理」２０１８・５）

神様が見ている

一日に四十分だけ、私の部屋に神様があらわれるということに気がついた。数字の部分が白く光るデジタル時計を置いているのだが、ある時刻になると黒い部分が十字の模様になるのだ。突然、時計の真ん中に十字架があらわれ、そしてまた消えてしまうのである。それは、5：20から5：29と6：20から6：29分の間で、朝夕あわせると一日に四十分だけということになる。単なる光の点滅だとわかっているのだが、お日様が出る頃と沈む頃にあらわれるというのは、何か意味があるように思われ、その時間になると、神様が見ているのではと改まった気持ちになる。

神様を信じる人は少なくなってしまった。そのかわりなのか、今の世の中は嘘をつくのが難しくなった。ないと言い張っていた資料が突然出てきたり、そこにはいなかったと言っているのに、知らぬ間に映像を撮られていて嘘がばれてしまう。どこに、どんな形で証拠が残っているのか、ネット相手では把握のしようがない。それは、特定できない何だかよくわからない者に監視されている気分である。いずれ、こういう監視の目が神様に取って代わられてしまうのだろうか。もしそうなってしまったらと思うといやな気持ちになる。

何の話だったか忘れたが、夜道、子供を連れたお母さんが歩いているとスイカ畑に出くわす。

お母さんは、子供にお月様を見ているように言いつけて、誰も見ていないのをいいことにスイカを盗もうとする。ふいに子供が「お月様が見ているよ」と言い、お母さんはわっと泣き伏してしまうという話である。子供は母親をたしなめるつもりで言ったのではない。本当にお月様が見ているような気がしたからそう言ったのだろう。こちらが見つめると、向こうからも見ているような気がするものである。

昔の人は、お月様やお日様をよく見ていたのだと思う。だから向こうもこっちを見ていてくれる、と信じることができたのだ。私は、自分が見つめているものに見守ってもらいたい。そうじゃないものに、ただただ一方的に見られているのは、苦痛以外の何物でもない。

（「小説推理」２０１８・６）

つのる思い

懐かしい鉛筆が店に並んでいた。マーガレットやサクランボ、風船などの絵柄が印刷されたもので、昭和四十年代ぐらいのものだろうか、箱の絵もどこか懐かしい。私が子供の頃、鉛筆を箱買いするなんてあり得ない話だった。文房具屋さんで一本ずつ買っていた。しかも、こんな可愛い絵のついたものなんて、夢のまた夢だったので、手に取った瞬間、四箱も買ってしまった。自分には執着などないと思ってきたが、やっぱり買ってもらえなかったことを、よほど恨めしく思っていたのだろう。

普段は仕事が嫌いで、いつもぎりぎりにならないと仕事に取りかからない性分である。なのに、夢の中で今後一切、文章を書いてはいけないと言われ、動転してしまった。夢の中の私は途方にくれて、悲しくてしょうがない。目が覚めても、その悲しさが残っていて、ダンナにそのことを話すと、「アンタ、仕事が好きやからなあ」と言われた。そんなこと、自分ではまったく気づいていなかったので、えっ、そうなのかと驚いた。

そう言われて、ふと、ずいぶん前に亡くなった知り合いの作家のことを思い出す。亡くなったと聞いたときは泣かなかったのに、その人がいなくなってから十四年の間、何も書かれてないと気づいたとたん、夢のせいもあって涙がぽろぽろこぼれた。死んだのだから書けるわけがないのだけど、死ぬということは何も書けないことなのだ、本人はさぞかし悔しかっただろうということに、ようやく気づいたのである。

あったかもしれないものが、永遠に失われたと思うのは、とても辛い。取り返せるものなら取り返したい。それが絶対無理だと知れば知るほどその思いはつのる。執着というものは、そんなふうに生まれてくるのだろう。ならば、あったかもしれない、と思うのは間違いなのだ。

買った鉛筆は、子供のときなら弾むような気持ちで封を開け、すぐに使ったと思うが、大人の私はもったいなくて眺めているだけだ。そうか、時間は戻らないとはこういうことかと思い知る。この世は、「あったかもしれない」はなく、「あった」と「なかった」だけでできている。

（「小説推理」２０１８・７）

出来合いのコトバ

私の父と母は恋愛結婚である。私が子供の頃、結婚してくれなければ橋から飛び降りると、言った言わないでよくケンカをしていた。中年の両親に、生きる死ぬのロマンスがあったとは、どうしてもイメージできない。家でかわされるコトバといえば、「今日のご飯は硬いな」とか「オレ、薬飲んだか?」みたいなのばかりだからだ。映画なんかに出てくるキラキラしたコトバは、一体、どこでどんなふうに使われているのだろうと思っていた。

そんな私も、若い頃、ダンナとケンカになって、激した私は鍵を投げつけたことがある。投げてしまってから、「わぁ、ドラマみたいやん」と思った。そのとき、何を叫んだのか忘れたが、たしか標準語だったと思う。ずいぶん気取ったコトバだった。私は自分の言ったコトバに笑ってしまった。

コトバにはリアルなのと、いかにもフィクションですというのがある。いつもは日常の中で収まっている感情が、何かのひょうしに大きく揺らいで、そこからこぼれ落ちそうになったとき、等身大のコトバが見当たらず、フィクションのコトバが飛び出るようだ。そのへんのオバサンが、「私も女やねん」などと大まじめに言っているのを聞くと噴き出しそうになる。

コトバだけではない。そういうときは行動もまたつくりものめいている。高揚する気持ちにそった行動をしなければならないと思っているからなのか、先日、私は怒りにまかせて路上で自分の傘をへし折ってしまった。そのとき、テンションは上がっているが、本当の気持ちの方は惨めで情けなく、やり切れないというものだった。私は傘を折るかわりに、大声で「惨めなんです。誰か助けて下さい」と叫びたかったのだ。折れた傘は私の気持ちの形のまま、みっともなく、私は恥ずかしくなってそれを自販機の隅に投げ捨てて逃げた。あくる日、私の惨めな気持ちは誰かがきれいに片づけていてくれて、いつもの街に戻っていた。その誰かがいて、私は平常心に戻り、普段の顔で歩いてゆける。

激したとき、出来合いのものに頼ることなく、心の底にあるコトバを吐ける人は、本当に勇気のある人だと思う。

（「小説推理」２０１８・８）

最低のときにやってくる

　道を歩いていて、突然、もうやってられないと思った。何がどうなったわけではない。いろんなことが重なって、気持ちはどうにもこうにも持ちこたえられなくなっていた。私はもう一歩も動きたくなくなって、子供みたいにしゃがみこんでしまった。しゃがんだところでやることもない。ふだんは見たこともないアスファルトを凝視した。すると、色覚検査みたいに道路の上に字が浮かび上がってきた。それは、「上を見よ」と書いてあった。見上げると、ちょうど真上に十字架が青い空に向かってまっすぐにのびていた。宗教を持っているわけではないのに、私は何かしらに打たれたような気持ちになり、十字架から目を離さず立ち上がった。ようやくあたりを見まわす余裕ができて、私がしゃがんだのは、教会の前だと初めて気づいた。

　よく似たことが前にもあって、それは家のベランダから下を見下ろしていたときのことだ。このときも最低の気分で、私はここから飛び降りることができれば、さぞかし楽だろうなあと思ったりしていた。眼下の歩道は、所々に不規則に色違いの石がはめ込まれていて、それは何かの模様のように見えた。上からそれをじっと見つめているうちに、「死ぬなよ」という文字に読めてきて、私は思わずその文字に向かって「はい」と声を出してしまった。あんなに素直な声を出したことは、ここ何十年なかったと思う。不思議なことがあるものだと後で見ると、そんなことはまったく書いておらず、あのとき、どこをどう見てそう読めたのか、まったくもって謎である。

最低の気分のとき、生まれるものがあるのではないかと思う。そういうときは何も見えないし、見ようという気持ちもわかない。惨めな時間が永遠に続くような気がする。しかし、人間というのは、ずっと同じということはできないようにできているらしく、最低の気分もあまり長く続くと飽きてしまうようである。だから、そういうときは、じたばたせずにじっと待てばいいのかもしれない。自分を奮い立たせる、自分のためだけの物語が生まれてくるのを。最低の気分のときだけあらわれる奇跡を。

（「小説推理」２０１８・９）

脱ぎ捨てる

街なかを歩いていると、おでこに食品用の保冷剤をぴたっと貼りつけたおじさんとすれ違った。八月のいちばん暑いときである。人の体を冷却するためのグッズはたくさん売っていて、それは食品用保冷剤と中身はたいして違わないのだと思う。そう思うのだが、食品用をおでこにひっつけて歩いているおじさんが、スーパーに並んでいる鮮魚や精肉の商品に見えてしまった。そうすると、産地とか値段が印字されたバーコードのついたシールが、おじさんに貼られているように見えてくる。情報が歩いている、と私はとっさに思ってしまったのである。

考えてみれば、映画なんかもそうである。脚本家の仕事を始めてから、私にとってドラマは仕事の情報でしかない。全部、商売の見本である。この俳優さんはこんないい演技するのかとか、こんな演技をするんなら、このセリフはなくても大丈夫なんだなとか。映画やドラマを観るのは、マーケットリサーチであり、勉強なのである。なんだか損をしたような気分である。

アニメの監督をしている人が「ボク、最低なんです」と言う。ニューヨークのツインタワーに旅客機が突っ込んでいった映像を、煙や炎がどのように上がってゆくのか、アニメで使えないものかと、気がつけば食い入るように見入っていたそうである。そんな悲惨な事件でさえ、私たちは商品として見てしまう。そして、商品だと思った瞬間、ただの情報のかたまりになってしまう。人間だろうが、歴史ある建築物であろうが、猫だろうが同じである。

六歳の子供が描いた絵をおもしろいと思い、Tシャツに写して刺しゅうしてみた。なるべく忠実に、字もそのまま刺しゅうしたら、それを見た人がひどく褒めてくれて、売れますよと言う。しかし量産して売り始めると、これは何枚完売したという数字になるだろう。商品になったとたん、最初にあった「おもしろい」は希薄になり、やがて数字に取って代わられる。

保冷剤のおじさんは、今ごろ家に戻っているだろうか。バーコードを脱ぎ捨てて、ビールでも飲んで体を冷やしているだろう。酔いがまわって、人間に戻っているんじゃないだろうか。

（「小説推理」２０１８・10）

見てるだけ

電車の中で乗客が首を折り曲げ、スマホをのぞいている。今は、「のぞく」時代であるらしい。それぞれが、ひらべったい金魚鉢をのぞいているように私には見える。

ユーチューバーは人気の職業だというが、今はそのユーチューバーにさえなりたくないと若い人は思っているらしい。そんな不安定な職業より、堅い仕事をこなして、空いた時間に選びきれぬほどの映像が用意されているスマホをひらけばいいわけで、自分たちでつくろうという気は起こらず、ただ見るだけで満足なのだそうだ。という話をアニメを制作している人から聞いて、私はこんな時代ならそうだろうなと思うのだが、どこか納得がゆかない。

家に初めてパソコンが来たとき、ダンナは夢中になってサイトからサイトへクリックを続けていたら、突然、ベッドの上に排便している映像が出てきてパニックになってしまった。そういう趣味の場所へ知らないうちに導かれたようだ。本人いわく、どんどん森の中に入ってゆき迷い込んだような感覚だったらしい。「怖いもんやねぇ」としみじみと言っていた。

私だって「のぞく」ことは好きである。たとえば、本屋だったり、ショーウインドウだったり、立派なお屋敷のお庭だったり。人の家の冷蔵庫など片っ端からのぞいてみたい。が、そういうのは下品だと思うから、人知れずこっそりやっている。今は、そんなのが、スマホひとつあればかなうらしい。後ろめたい気持ちを持たず、何でものぞけるというのは便利だが、ちょっと怖い気もする。ヘンゼルとグレーテルのお菓子の家のように、夢中で食べていると、頃合いを見計らったように魔法使いのお婆さんがあらわれたりしないのだろうか。

与えられることばかりに慣らされて、私たちは目だけは肥えているのに、何もつくり出すことができない人間に成り下がってしまうかもしれない。ヘンゼルのように道に迷わないようパンをちぎって帰り道を確保するべきだろう。それだって鳥に食べられてしまうわけだから、世間というのは油断も隙もない。見てるだけじゃ、生きてゆく地図はつくれない。

（「小説推理」２０１８・11）

不条理な四時間

ダンナは私が何を買っても文句を言わない。それどころか、いいの買えてよかったねと褒めてくれる。なので、へそくりというものをした経験がない。

先日、いろんなことが重なり、気持ちを抑えることができなくなって路上で泣いてしまった。運悪く、巡査に目撃され、泣いているだけだというのに名前と住所を聞かれた。まだ明るい夕方の話である。路上で泣くのが、そんなに悪いことだとは知らなかった。家まであと数百メートルの所だった。しかたなく正直に答えているうちに涙は止まる。もう泣きやんだというのになぜか警察署に連れてゆかれた。カバンの中を調べられ、ケータイを取り上げられた。アドレスを確認しては、これは誰だと私に聞く。写真も執拗《しつよう》にチェックして、一緒に写っているのは誰なのかと聞いてくる。ただ泣いていたというだけなのに、なぜもここまでしつこくするのか、だんだん怖くなってくる。逆らうとますます家に帰れなくなってしまうのではと思い、こちらがハイハイと素直に応じていると、相手はどんどん偉そうになってゆく。

警察官が私のカバンを引っかき回す手の先を見ていて、あっとなる。白い封筒が見えたのだ。何カ月も前に講演料としてもらった二万円が、もらった時のまま内ポケットに突っ込まれていた。見つかったらどうしようと私はドキドキする。

今考えると、悪いことをしてもらったお金ではないので、そんなにおびえることはなかったのだが、だらしない自分がばれて怒られそうな気がしたのだろう。高圧的な態度で聞かれると、そんなことにさえおびえたりするものらしい。へそくりがばれるというのも、こんな感じなのかしらと思う。説明したいのに、誤解されたらどうしようと、あわあわとなってしまう。警察は結局、妹夫婦に連絡を取り、彼女たちが到着するまでの四時間ほど帰ってはならぬと言われた。介護が必要なダンナが待っていると説明したが、まるで聞いてもらえなかった。言っておくが、私はただ街角で泣いていただけである。

説明しても聞いてもらえない相手と出くわすこともある。無防備に自分をさらけ出すのは要注意である。自分を守るためのへそくり、必要かもしれない。


（「小説推理」２０１８・12）

非常事態のあと

救急車で運ばれた。とてつもなく多くの人に迷惑をかけてしまったことを思うと申し訳ないのだが、ショックだったのが、買ってまだ三度ほどしか使っていない一万五千円のブラジャーのひもがプチンとはさみで切られてしまったことだった。後で先生に愚痴ると、それは救急あるあるで、ワイヤーなどの金属が入っていると検査の妨げになるのだと言われた。

昔は道で倒れたときにみっともないから、外出のときはいい下着を着ておけなどと言っていたが、そんな考えはやめた方がいい。非常事態に誰もブラジャーのレースの柄なんて見てる人はいないのだから。

ダンナが救急車で運ばれたときは、風呂上がりでパンツ一丁だった。それにタンカで運ぶための毛布。手術の後、いらなくなったそれらを看護師さんにゴミ袋に入れてもらって、三宮駅前の陸橋で始発のバスを待ちながら、これからどうなるんだろうと朝日を待っていたことを思い出す。

あの時のパンツの柄も、たぶん私以外は覚えていないだろう。そのパンツはもうヨレヨレで、捨てようと思うのだが、まだタンスの中にある。パンツの入った袋の口をぎゅっと握りしめていた、あの祈るような気持ちと手の感覚を思い出すからだ。

救急車で運ばれた私は入院となり、何本もチューブを入れられ、いろんな検査をされたらしい。が、どこも正常で次の日は普通にめしを食っていたら、看護師さんに「元気になられて、よかったですねぇ」と心から言われ、ちょっと恥ずかしくなった。この人もまた、まったく見ず知らずの他人の私を、祈るような気持ちで何かを握りしめながら見守っていてくれたんだろうか。たぶんそうに違いない。そういう、本当に心配しましたよという言い方だった。

それだけのことなのに、生まれてきてよかったなと思う。それだけのことだから、そう思うのか。たった一日半の絶食で、おかゆがとてもうまかった。生まれてきてよかったなと、またまた思った。幸せとはシンプルなものである。

（「小説推理」２０１９・２）

大人の仕事

餅つきの日は大人も子供もテンションが上がった。蒸し上がったばかりのアツアツの餅米には木綿の布巾が敷いてあって、それをつかんで臼《うす》に投入するのが、子供の私には驚きだった。見るからに熱そうな餅米を包んだ布巾を平然とつかんで、どいてどいてと走ってくる。熱いなんて言ってられないという感じである。

蒸し上がった餅米は、蒸し器の形そのままの四角なのに、臼の中で杵《きね》に打たれて、どんどん形を変えてゆく。誰かが合図をするわけではないのに、良いかげんなところで、粉をふった作業台に放り投げられる。それを待ちかまえていた女性たちが、それぞれすごいスピードでちぎっては丸めてゆく。子供たちは横からつきたての小さくちぎったのをもらう。それにアンコをまぶしたり、大根おろしと醬油をたらしたのを口いっぱいに食べるのである。餅は指からにゅっと飛び出たままの形で、つきたてはなめらかだった。

年に一度のことなのに、一連の作業にみんなは慣れていた。やり方を説明する人も、指示する人もいない。当然のように、それぞれが作業をやっているのを見て、大人になったとき、これらのことを私はできるだろうかと不安になった。杵は思っている以上に重く、大人でもひと臼打つのは大変だった。熱い餅を丸めるのも自分にはできそうもないと思った。黙っていても餅ができ上がってゆく様は、いかにも大人の仕事で、そのことが私はちゃんとした大人になれるだろうかと不安にした。

結局、餅つきを手伝ったことは一度もなかった。あの中に入っても、私はおどおどとして何もできなかっただろう。そう思うと、何だか大人になりそびれたような気持ちになる。私はまだ餅米のままなのかもしれない。世間にはもまれたけれど、考えてみればもう餅になったよと教えてくれる人はいなかった。等と言い訳を言うのは私が一人前ではない証拠だろう。

これは大人の仕事だなぁと感心してもらえるような、そんな仕事を私はしただろうか。それは一人でやれるものではない、ということは知っている。

（「小説推理」２０１９・３）

さわってはいけない

『すいか』というテレビドラマで、ケンカをして相手の前髪を引っこ抜くというシーンを書いたことがあるが、それは実話である。ダンナの友人で、見た目はそんなに強そうではないのにケンカをふっかけられて、相手の前髪を引っこ抜いてしまったらしい。よほど力の強い人だったのだろう。

そんな彼が、あれは本当に怖かったなぁと言う。あれというのは、子供の頃、ダンナに追いかけられたことだ。ダンナはポリオのせいで左足にコルセットをつけていた。治る見込みはなかったが、「手術をすれば治るねん」と友人たちには言っていた。障がい者であることに飽き飽きしていたダンナの、ちょっとした嘘である。力持ちの彼はそんなダンナの言葉を覚えていて、何年か後、「いつ手術するねん」と言ったらしい。ちょっとからかうつもりだったのだろう。しかし、それを聞いたダンナは顔が真っ赤になった。ヤバいと思った彼は運動場に逃げ、ダンナは彼を追いかけた。コルセットをつけてはいるが当時、運動神経は抜群だったらしく、階段などは、ぴょんぴょん跳んですごいスピードで下りることができた。ダンナの追跡は、とてもしつこく迫力のあったものらしい。最後はどうなったのか覚えていないらしいが、追われた方は、大人になっても、あんなに怖かったことはなかったと言っていたそうである。

怖かったのは、ダンナではないだろう。人にはさわってはいけない場所がある。そうとは知らず、そんなものを素手でつかんでしまった怖さだろう。彼がさわったのは、深い悲しみだ。人とは違うという不条理の中で生きねばならない者のどうしようもない悔しさだ。そんなのが、火の玉みたいに転がってどこまでも追いかけてくるのは、さぞかし怖いことだったろうと思う。ダンナだけではない。私たちは誰でも、そんな怖いモノを隠し持って、生きているのではないだろうか。

上機嫌でコロッケを頬張っているダンナを見ると、そんなモノがあるというのは、私の妄想かしらと思う。でもあるのだ、そんなものが。人にはさわらせないし、自分でもさわらない場所が。

（「小説推理」２０１９・４）

腕で書く

私はよく忘れ物をする。たとえば、外で仕事をしようと喫茶店に入る。たっぷり入ったカフェオレを前に、筆記用具を取り出そうとするとノートはあるのにペンがない。さぁ始めるぞ、という気分が暗澹《あんたん》たる気持ちになる。しかたがないので、頭で考えることにする。が、これがうまくゆかないのである。

たかがペン一本だが、これがあるとないとではえらい違いなのである。何が違うのかというと、頭の中だけではイメージの飛躍ができないのである。頭だけで考える文章は硬く、常識的だ。そんなのが延々と続くので、考えても考えても面白いものにならない。

ところが、ペンがあるとこれが違うのである。一度紙にあらわれたものを、ペンがつっこんでくれるというか、客観的に見直してくれるのである。一般的な話ばかり続くと、ペンを持つ腕がこれではいけないと思うのか、話はとんでもない方へとそれてゆく。そうなるとしめたもので、かまわずどんどん書き進める。心配することはない。本題からそれ過ぎると、今度は頭の方が話をまとめようと働きだしてくれるからだ。それを信じているので私は平気でウソ話を書き続けることができるのである。ものを書くというのは頭と腕の戦いなのである。

ならば、キーボードを使えばと言われそうだが、これもまた微妙に違う。私はペンで下書きをして、ワープロで清書するというかたちをとっている。直接、ワープロで書けばよさそうなものだが、それができない。キーボードは指先である。脳に近いのである。私は指先は信じていない。胴体につながる腕を信じているのである。

そしてもう一つ、ワープロだと残りの空間が正確に把握できる。あと何枚、というのがわかると頭の方が先回りして、ちゃんとまとめようとしてしまう。頭が勝《まさ》る文章になってしまうのである。

喫茶店で書くのをあきらめ、家に帰った。ペンに頼るのがしゃくなので、この文章はワープロで書いてみた。この文章、やっぱり頭が勝ってるなぁと思うのは、私だけだろうか。

（「小説推理」２０１９・５）

すごいと言って

最近パチンコにハマっている。大金を投じて、液晶に映しだされる図柄が次から次へと流れてゆくのをながめているという、考えてみれば不条理な遊びである。何がおもしろいのだろうと自分でも思う。

でも私は意地になって、大当たりが来るまでねばる。お金を増やしたいわけではない。私の中に、こうすれば当たるという理論のようなものができ上がっていて、ただそれを証明したいだけなのだ。自分の考えが正しかったとわかったときの気持ち良さは、何にたとえたらよいだろう。

仕事がら人に褒めてもらうことは多い方だと思う。いい小説でしたとか、いいドラマでしたと言われるのは嬉しいのだが、社交辞令もあったりするので、どこまで信じていいのかわからない。

その点、機械は正直というか、おべんちゃらを言わないので、パチンコが大当たりして液晶の中の女の子が「すっごい!」と言ってくれるのが嬉しいのである。なぜにこうまで褒めてもらいたいのだろう。よほど自分に自信がないということか。

そう言えば前にプロデューサーにキレられたことがあった。他の作家を紹介しようとしたら

「ボクは木皿さんと仕事をしたいんです」と言われた。「ずっと木皿さんのファンだと言ってるじゃないですか」と怒られて、そう言えばそうなのだが、私は彼のコトバを信じてなかったのである。信じてその気になっていたら後でしっぺ返しをくらうと思っていた。「何だ本気にしてたの？」と言われたら、私はどうしていいかわからず恐怖で体がかたまってしまうだろう。パチンコで大損するのは平気だが、人から受けるダメージに私は弱い。正直に言おう。本当は機械なんかじゃなく、人に受けとめてもらいたいのだ。

パチンコ屋のホールを見渡すと、家に帰りたくない人や仕事に戻りたくない人ばかりのように思える。私もまた、そのうちの一人だった。

そろそろ機械ではなく、人を心の底から信じてみようか。

（「小説推理」２０１９・６）

現実に罰せられる

ついこの間まで、薬物を使用した有名人のことが噂で持ちきりだった。そのとき「作品に罪はない」などというコトバが盛んに言われていた。関わっている本人に罪はあっても、その作品には罪はないというのだ。それを聞くたびに、私は何かひっかかるものを感じていた。

作品というのは不思議なモノである。いったんつくられてしまえば、みんなのモノになってしまう。製作者サイドから見れば商品でお金そのものだが、利用者から見れば生きてゆくうえのなくてはならない癒しのような存在かもしれない。もちろん、つくった本人にとっては、人生そのものだろう。

「作品に罪はない」と言いたい気持ちはよくわかる。本来なら、そんな外からの圧力に動じないのが作品というものだ。しかし、今どき現実社会と拮抗《きっこう》できるフィクションなんて、残念ながら存在しないのではないか。かつては強固だった宗教が持つ物語でさえ、効率が重視される今の世の中では、ほとんど役に立たないものになってしまっている。現実は、それほど強いものなのである。

フィクションの世界に、つまりスクリーンに、イヤホンに、薬物を使用した人がつくったという現実が、情け容赦なくなだれ込んでくるのだ。どんなにすぐれた作品であろうと、人はフィクションをフィクションとして見てくれない。その作品は、本道からはずれた、野次馬が喜ぶ色物に成り下がってしまうのだ。

「作品に罪はない」と言っている人は、感動した自分を汚《けが》したくないんだろう。作品に触れて心が動いたその一瞬にウソはなかったはずで、それを守りたい人たちの声なのだと思う。

フィクションをつくっている身としては、現実に太刀打ちできるものが何もない、というのは情けない。「作品に罪はない」という言葉も歯が立たず砕け散る。フィクションが現実に罰せられる。そんな世の中でつくれるものがあるのか、いま私たちは考え中である。

（「小説推理」２０１９・７）

バカから生まれる

テレビのバラエティー番組で、たとえ自分の母親でも違うと言い張られれば人違いだと納得するか、という実験をしていた。あるタレントが街で自分の母親そっくりの女性に出会う。しかし、着ているのはふだんの母親が着用しないような派手なものだ。もちろん息子は「かあちゃんだろう」と声をかけるのだが、母親の芝居はうまく、「いえ違います。人違いです」としらを切り続ける。すると、息子の方はみるみる自信をなくしてゆく。そして、ついには「似ているんだけどなぁ」と言いつつ、別人だと納得してしまった。

それを見ていて、人は何と不確かなものの中で生きているのだろうと思った。生まれた時から日本人だと言われているからそう信じてきたが、本当のところ、そんなことさえ周りが疑い出したら、私自身、そうだと言い切る自信はない。我々は、それぐらい世間の目に左右されてしまう。

パチンコが流行《はや》るのは、あれは台が並んでいるからじゃないだろうか。他の人が玉を出しているのを見ると自分も出るような気がするし、出ないうちに自分だけ帰るのは癪《しゃく》な気がする。もしあの機械を家に持ち帰って一人で打っても、おもしろくないような気がする。玉がじゃんじゃん出ているところを人に見てもらいたい。世間に「すごい！」と思ってもらいたいのである。

しかしながら、たとえそれが実現しても世間はそんなことを長く覚えていてはくれない。二十回連続大当たりして、周りを羨《うらや》ましがらせたとしても、次の日にはみんなそんなことは忘れてしまっている。それが、たとえ事件でもそうだ。スキャンダルでも、記録達成でも、世の中はものすごいスピードで、いろんなことをどんどん過去のものにしてゆく。

考えてみれば、世間ほどあやふやなものはないのである。ならば世間からバカだと思われても、自分の信じているものを捨てることはないのではないか。バカだなぁと思われるところから生まれてくるものもあるからだ。たとえば、正義とか勇気とか。頑固な個人の信念からしか生まれてこない、かけがえのないものも世の中にはあるのである。

（「小説推理」２０１９・８）

生きはじめる

女性が小説を書こうとするなら、お金と自分だけの部屋を持たなければならない、と言ったのはヴァージニア・ウルフである。

私が自分だけの部屋を持ったのは二十代後半で、それは妹が結婚して家を出たからである。それまでは、ずっと妹と同じ部屋だった。自分の部屋だったが、光熱費や食費は払っておらず、月々いくらかは家に入れていたが、一万とか二万だったと思う。自分で稼いだお金で洋服を買って帰ると、母がいちいちケチをつける。私はグチを聞くのがイヤで、親が喜びそうな服ばかりを買っていた。子供の頃から、女の人ともめるのは、めんどうなことだと知っていたので、私は表面上はとても聞き分けのいい娘だったと思う。

私が本当の意味で自分の部屋を持てたのは三十一歳の時で、脚本の仕事が増えて、通勤の往復時間を短縮するため、会社の近くに引っ越した。しかし、その一年後、今のダンナと知り合い、一緒に脚本の仕事をすることになると、彼は突然部屋にやってきたりするので、私だけの場所ではなくなってしまった。それから三回引っ越しをしたが、ずっとダンナと一緒である。

つまり、私だけの部屋を持っていたのは一年ほどで、それ以外は、いつも誰かと一緒に暮らしてきたことになる。おそらく、この後、一人になるのはダンナが死ぬ時だろう。

私は、たった一年だった独り暮らしの部屋を思い出すことは、ほとんどない。ダンナの方は、私の部屋を秘密基地のように思っていたらしく、今でも、あの頃は楽しかったなあと夢見るように言っている。私にとって懐かしいのは部屋ではなく、近所にあった風呂屋で、私はそこでよく泣いていた。何で泣いていたのかすっかり忘れたけれど、濡れているので人目につかないだろうと心置きなく泣いた。今でも泣くが、ダンナに見えるところで、わんわん大泣きしている。

これを書いていて、風呂屋でひっそりと泣いていたあの蛇口の前の鏡を思い出す。私は、あそこからようやく本当に生きはじめたんだと懐かしい。

（「小説推理」２０１９・10）

あんなに好きだったのに

子供のときは虫にさわることができたのに、大人になるとできなくなってしまった、という男性がけっこういるらしい。

うちのダンナも、言われてみればそうだと言う。あんなに好きだったのになぁと納得できない顔だ。いつからそうなってしまったのか思い出せないらしい。人は知らず知らずのうちに変わってしまうものなのだろう。

東京出張のとき、網棚に載せることができるサイズのスーツケースを持って出たのだが、自分の腕の筋力で棚に上げるのは無理で、結局、足元に置いた。荷物を持ち上げられなかったのは生涯で初めてのことである。シワやシミが増えても何とも思わないのに、自分の荷物を持ち上げられないというのはショックだった。こんなことが、一つ一つ増えていって年をとってゆくのだろうか。

年をとって良かったこともある。仕事も増え、そうなると自由に遣えるお金も増えた。昔にくらべると、冷蔵庫もあるし、コンロは三つもついているし（最初に借りた部屋は一つしかなかった）、エアコンも電気代を気にせず使っている。贅沢になったなぁと思う。でも、その分、子供の頃に身近だったものは遠ざかってしまったのかもしれない。

私は想像する。ある日、トイレで「私の便はこんなに細かったのか」と突然気がついたりするのだろうか。若い頃は太かったのにと懐かしく思うような年寄りになっているのか。あるいは、自分の便のことなど興味もなく暮らしているのだろうか。

ベランダにコガネムシが死んでいた。それでも体はつやつやと光っている。「コガネムシ金持ちのまま　死んでいる」と思わず口から出る。そう言いながら、なんだか寂しいなぁと思った。虫をさわれないまま死ぬのも寂しいなぁ。そう思って、死んだコガネムシをダンナに見せにいったら、「捨てろ」と言ってさわろうとしない。

私たちは、金儲けに奔走するあまり、虫にさわれない人間になって死んでゆくのだろう。だとしたら、寂しい話である。

（「小説推理」２０１９・11）

今さらの話

五本指のスニーカーというものを買った。本当は裸足で歩くのが、健康にいいらしいのだが、人と違ったことをするのが好きな私であっても、街なかを裸足で歩く勇気はない。五本指のスニーカーもかなり人目を引くものだが、裸足よりはいい。靴底がゴム製でとても薄いので、ふだん使っていない小指がアスファルトを蹴って、足の裏全部を使って歩いているのがよくわかる。私は、歩くとき親指のあたりしか使っていなかったのだ。そうか、だから親指が巻き爪になったのだと納得する。私の靴のどれもが内側ばかり擦り切れているのも、そのせいだ。

自分ではちゃんとやっているつもりなのに、本当は、そうではなかったということは、案外たくさんあるのかもしれない。牛乳パックの開け方も、テレビで見るまで、自分のやり方が間違っていたとは知らなかった。どうりで、毎回こぼれるはずである。

締切をきちんと言わない人がいる。だいたいのスケジュールを説明してくれた後、「急がなくていいですよ」と言う。私の頭には、急がなくていい、というコトバだけが残り、いつまで経っても仕事に取りかからない。普通の人は、曖昧《あいまい》な表現で伝えられたことでも理解できるのに、どうも私はそれができないらしい。数日が何日なのか、このあたりというのがどれぐらいの範囲を指すのか、実はよくわかってない。だから、その手の曖昧な表現が入ると、自分の都合の良いように解釈してしまう。

六十二歳にもなって、ようやくそのことに気づき、「で、締切はいつなんですか？」とか「枚数は何枚ですか？」と、しつこく聞くようになった。

冒頭、五本指のスニーカーの話を得意気に書いてしまったが、みんな、すでに知っている話だったらどうしよう。そんな心配をしていたら、高齢の女性に「そんな靴、初めて見たわ」と声をかけられた。私は、得意になって五本指のスニーカーのことをしゃべった。女性は興味を持って聞いてくれて、写真まで撮ってくれた。人と何かを共有するというのは、実に楽しいものだということに、またしても、今さらながら気づいた。

（「小説推理」２０１９・12）

遠いところに置いてみる

まるでその気はなかったのに、指輪を買ってしまった。色とりどりの飴玉みたいなのが並んでいるのを見つけて、つい足をとめてしまったのだ。あなたにとても似合ってますと言われた。はめてみると、ほらまるで家からしてきたみたいになじんでる、としきりに感心してくれるのだが、私にはその感覚がわからない。この時、別の店で買った銀紙を丸く切り抜いたような指輪をしていたのだが、それとこの緑の石がとても合うので、左右一緒にはめろと言う。

私は古い人間なのか、指輪は一度に何個もつけるのは品がないと思い込んでいた。それも、まったくタイプの違うものを両手につけるなんて考えたこともなかった。小指に同じ素材の指輪、ピンキーと呼ぶらしいが、そういうのをつけるとバランスがとれて目茶苦茶オシャレですと、店の人は興奮する。じゃあと、その辺にあったピンキーとやらを買おうとすると、それはダメですと言う。ぴかぴかに加工してあるものなので、それはお客さんには合わないと取り上げられた。飴玉の指輪はすべて彼女がつくったものだと言う。私にはすべて同じ銀色にしか見えないが、作家の彼女から見るとまるで違うニュアンスのものらしい。ピンキーは銀紙の指輪の店に行って買えと言うので、そうすることにした。緑の石を包んでもらっている間、別の指輪が良く見えてきて、やっぱりこっちにしようかなと言うと、彼女はちらりと見て「ダメです」と言い捨て、包む手を止めない。じゃあ二つ買うと言うと、それを買うより先に、ピンキーを買えと怒られてしまった。

彼女は、自分の仕事をとても広く遠いところに置いて見ているのだろう。自分のつくったものが、世の中の人や物とどんなふうに調和してゆくのか、そんなことを考えているのではないか。作品が大事か、商売が大事かという話はよく聞くが、調和が大事と教えてくれたのは彼女が初めてである。今日、彼女に言われたとおり、件《くだん》の店でピンキーを買った。とりあえず、私は自分の手にある異なる物たちの調和をとることから始めることにする。

（「小説推理」２０２０・１）

これでいいのか

井上陽水の『リバーサイドホテル』は、死と生の間にいるような不思議な歌だ。昭和五十七年にリリースされたこの曲を久しぶりに聴くと、心が激しく揺さぶられる。

安っぽいホテルの宣伝文句をつらねたような歌詞になっていて、若い男女が日常から逃げて快楽をむさぼっているような内容だ。だが、聴いているうちにこれは、若い男女が心中して救急車でたらい回しにされ、病院に着くが死んでしまい、でも二人は三途《さんず》の川を渡れずに魂が川辺に残っているという意味ではないかと思えてくる。

宣伝文句のような歌詞には、すべて二重の意味がある。たとえば、「ステキなバス」は救急車であり、「昼間のうちに何度もキスをして」は人工呼吸、「ネオンの字」は病院の看板で、「シャレたテレビ」は心電図のモニターで、「ベッドの中で魚になった」は死体になったであり、

「夜の長さを何度も味わえる」は成仏しないという意味だ。

この頃は消費社会が始まり、広告に注目が集まった時代だ。レトリックというコトバがもてはやされた。心地良いものが良いという、つまり売れればいいという価値観に突入していった時代である。そのために、コトバは真実を語るものではなく、物を売るためのものと成り下がり、何を言ってもしらじらしい価値のないものになってしまった。そして、「死」など、見たくないものには蓋をしろという時代の始まりだった。

井上陽水の歌詞は暗号のようで、読み解いてゆくうちに、あの頃に私たちが欲望に走って捨ててしまったものを突きつける。ときどき出てくる、「夜明けが明けたとき」や「金属のメタル」などの意味が重複する歌詞は、うまく塗り替えたはずのコトバが、うっかりメッキが剝げるように本性を出してしまったという感じで繰り返される。本当にお前らこれでいいのかというように。

生き生きとしたコトバを失った私たちは、陽水の予言どおり、この歌詞の男女のように、生きているのか死んでいるのかわからない状態で快楽だけを要求して生きている。

（「小説推理」　２０２０・２）

あの頃、わたしは

「あんた、もしかして、灰皿を一度も洗ったことないんじゃない？」とダンナに何気なく聞くと、う～んと考えて、そういや、ないなぁと答えた。

そうだろうとは思っていたが、まさか本当にそうだったとは、と絶句した。ダンナは今は禁煙しているが、かつては一日に二箱を吸うヘビースモーカーだった。なのに、一度も灰皿を洗ったことがないなんて、どういうことだ。

私は一切たばこを吸わないが、洗った灰皿は十万個を超えているはずだ。会社に十一年半勤めている間、正午、三時、帰宅する直前の一日に三回、課の人数分の灰皿を洗っていた。それに加えて、会議で使ったのや、来客の後のも入れると、一日に三十個ぐらい洗っていたことになる。灰皿を洗うのは、お昼休みであり、三時のおやつの時であり（今考えるとアホらしいのだが、女子社員が課の人全員にインスタントコーヒーをいれることになっていた）、そして勤務時間が終わってからまた洗うのである。会議や来客で使ったのは、自分の仕事を中断してやらねばならなかった。会社を辞めてからは、ダンナのを一日三回、二十五年ぐらい洗ってきた。

突然、「不公平」というコトバが私の中から噴き出してくる。別に誰かを恨んでいるわけではない。時間を返せと憤慨しているわけでもない。ただ、あの頃は女子が灰皿を洗うのを放棄したら、それだけで大問題になって、辞める辞めないの話になっていただろう。私は、そんなことでもめる時間がもったいないと思って、黙って灰皿を洗っていた。

テレビで、モラハラやセクハラのニュースを見ていると、あれから四十年経つのに、まだこんなことをしているのかと呆れる。しかしそれは、私があの時、「不当だ」と声を上げなかったからだ。自分さえ我慢すれば済むと、考えることを止めてしまったことが悔しい。「不公平」というコトバを飲み込む。声を上げなかった者に、文句を言う権利はない。

ぬくぬくと育ったダンナのきれいな指を見ながら、灰皿十万個分愛されていたんだねと思う。

（「小説推理」２０２０・３）

気づいてしまったこと

薄暗い商店街の乾物屋やら精肉店が並んだその先に、今思えばしょぼいおもちゃ屋があった。それでも子供の私にとっては夢のような場所だった。お金に余裕のなかった我が家では、それがたとえ靴下のような必需品であっても、新しい自分だけのものを買ってもらえることはまれだったからだ。

その日、母はどういうわけか私と妹に何か買ってやろうという気になったらしく、おもちゃ屋へ入った。妹は、人形の服を欲しがった。私たちは、それぞれ着せかえ人形を持っていたが、それは買ったときの服のままで、ときどき取りかえっこして遊ぶしかなかった。人形の服の値札を見た母の顔が曇る。それを見逃さなかった私の胸がドキドキ鳴る。このチャンスを逃すと、後はもうないと思った。私は素早くワンピースとその上に羽織る上着の二着が入ったセットを見つけ、これにしようと妹に言い含めた。ワンピースは妹にあげる、私は上着でいいからと説得し、母にこれなら買ってくれるよねと目で訴え、買ってもらった。

しかし家に帰って、自分の人形に上着だけ着せると、それは薄ら寒い様子で、私は悲しくて泣いてしまった。

あのとき、私は自分の不自由さに気づいてしまったのだと、今頃気づいた。人形を買ってもらう前は、自分でつくった紙の人形で充分だった。服は着せたい服をチラシの裏に描き、それを切り抜いてつくりたいだけつくった。服だけではない。食べたいものも、欲しいものも全部紙でつくった。私は何でも手に入れることができた。なのに、本物の人形を買ってもらったとたん、彼女に何ひとつあげることができなくなってしまった。あの日、あれだけ気をもんで、ようやく手にしたのは、薄い上着一枚だった。なんと不自由なことか。しかし、だからといってもう紙の人形に戻れないことも自分ではわかっていた。私は、そのことが悲しくて泣いた。

もしかしたら、母もそうだったのだろうか。結婚して生活を始めてみると、娘たちに何も買ってやれないという不自由。だからあの日、おもちゃ屋に連れて行ってくれたのかもしれない。

（「小説推理」２０２０・４）

苦しいんです

本屋さんでよく精神分析の棚をのぞくのだが、そこで自分の名前を見つけて「うわっ、なんじゃこりゃ」と立ち止まってしまった。自分が書いた本がどの辺にあるか把握していて、なるべく近寄らないようにしている。どうしてもそこに行かねばならないときは、心の準備をしてから自分の本のあるあたりに近づく。公の場所に、自分の心の中にあったものが置かれているのは、なんとも照れくさいものである。

学術書ばかり並んでいたので私は油断していた。『不安のありか』（平島奈津子／日本評論社）という本の帯に推薦コメントを書いたことを、すっかり忘れていたのだ。私の言葉として、「痛くて苦しいこの感じ、みんな持ってるものだったんですね」という文字が飛び込んできたのだ。

私は、ときどき不安に襲われる。そんなとき、洗面所と洗濯機の間に、すっぽりと体をすべりこませ、嫌な気持ちが通り過ぎるのを待つ。一人のときも、誰かに見られるわけではないのに、なぜかそんな狭い場所にもぐり込む。

自分の書いたコメントを見ていると、「私、苦しいんです」と本屋の真ん中に立って大声で叫んでいるようで、いたたまれない。洗面所でうずくまっている自分の姿がフラッシュバックする。それは、私の脳内のことなのに、まるで誰かに見られているような気がして、あわてふためく。私は買わねばならぬ本を持ってレジへ行く。おつりをもらって、本をリュックに詰め、店を出る頃、あれっと思う。あんなに動転していたのに、なぜか心が穏やかなのだ。これは、一体どうしたことかと考える。

私はきっと、ずっと誰かに「苦しいんです」と言いたかったのだ。人の目に触れる場所で、図らずもそう告白したことは、私の心を軽くしてくれた。

街を歩くと、コロナウイルスの流行のせいで、みんなマスクをつけて歩いている。これじゃあ、誰にも「苦しいです」とは言えないだろう。一人で抱えきれない不安だろうに、と思う。みんなはどこで、膝を抱えているのだろう。

（「小説推理」2020・5）

もうない

むかし住んでいた社宅は、薪《まき》で風呂をわかさねばならなかった。市場への買い物と風呂をわかすのは、兄でも妹でもなく私の役目だった。母の弟が解体業をしていたので、壊された家の柱やら窓枠やらをもらい、裏庭に積み上げていた。父が小さく切ったそれらをかまどにくべながら、私は教科書や図書室で借りてきた本を読んだ。当時、神社で拾ったトラ柄の猫をミーチャンと名付け可愛がっていたが、かまどは熱く火が怖かったのだろう、このときばかりは近づこうともしなかった。私は、いつも一人きりで薪をくべていた。

今思えば、誰かが暮らしてきた家を燃やしていたわけで、その家にあった喜びやら哀しみの最後を、小学生の私が見届けていたのである。

ふいに「もうない」というコトバが浮かぶ。父の看病で何カ月かの間、実家で寝泊まりしていた。父が亡くなる前日、私はどうしても家に帰らねばならなくなった。出るとき、父は「絶対、帰ってきてや」と言った。私が笑いながら「他に言いたいことは?」と聞くと、「もうない」と答えた。それが父の最期のコトバだった。父が亡くなって斎場に立ったとき、「もうない」というコトバと、風呂のかまどの前での頬の熱さがよみがえった。

亡くなる前、あまりの痛みに、もう死にたいという思いと、いややっぱりまだ生きたいという気持ちが父の中で行ったり来たりしていた。私はその揺れる気持ちがかわいそうで、自分は死んだこともないくせに、死ぬのは怖くない、お母ちゃんのところへ帰るだけなのだと力説した。「もうない」と最期に言った父。オレは引き裂かれたまま死ぬわけじゃない、ちゃんと納得して逝くんだからなと、私に教えるように。

大阪万博の前の年に引っ越すと、私はかまどから解放され、ミーチャンは私たちの前から消えた。風呂をたいているとき、喜びも哀しみも苦しみも、もう二度と戻らないからねと、私は誰かに言い聞かせるように、祈るように薪をくべ、炎を見ていた。今思うと、まるで神様のような仕事だったなぁと思う。

（「小説推理」２０２０・６）

ここで終わり

東北の震災のとき、妹からメールが届いた。それは、今ならデマだとわかるような、どう考えても出所の怪しいチェーンメールで、みんなに知らせて下さいとあったが私は黙殺した。妹の行動は親切心からだったが、結果的には世の中を混乱させるのを手伝ったことになり、妹は後で反省していた。

神戸の震災で、大きな火災が発生したとき、教会のあたりで火がおさまった。教会の建物は焼け崩れ、大きく手を広げたイエス像だけが残っていた。その姿は、まるでここから後ろへは断じて行かせない、というふうに見えて、この世の終わりのような光景の中にも、信じられるものはあるのかもしれないと、信者でない私でも思った。

仏教でいうところの、お釈迦様の悟りというのは、もう輪廻転生しないということだと、何かの本で読んだ。つまり、現世の苦しみはもう終わりということである。終わりがあると思うと、苦しみも背負いやすい。それがお釈迦様の発明である。たしかに、恨みも持ち続けるとつらい。適当なところで終わりにして、許したことにしてしまえば、私自身が楽になる。そんなことはできないと言われそうだが、いつも見ている風景でも、視野を少し広げて、世の中全体を見渡せば、何が得で、何が損なのか、クリアに見えてくるのではないだろうか。

ここで終わりというのは、とてもネガティブな言い方のように思えるが、よく考えもせず、流されるように続ける習慣や考え方を、いったんせき止めて、改めて考え直すということで、悪いことではないような気がする。

ダンナは出会った頃、甘い物を一切食べなかったが、私がうまそうに食べているので、いつの間にか食べるようになってしまった。オレのチョコレートボンボンは？　などと、後から家に来た人間のくせに、当然の権利のように要求する。甘い物に目覚めてからは、お菓子に詳しくなり、今は豆菓子に夢中だ。そのあげく、主治医に、中性脂肪と血糖値の数字を見せられ、怒られる。なんで私自身、甘い物はもう終わりと思わなかったのかと、猛反省している。

（「小説推理」２０２０・７）

金色の時間

中学三年のとき、何であんなに『不思議の国のアリス』と『鏡の国のアリス』に熱中したのだろう。私と友人は、内容もさることながら、ジョン・テニエルの不気味な挿絵に魅了され、その意味のないキャラクターたちに完全にやられてしまったのである。笑いだけ残して消えてしまうチェシャ猫。卵型の体形なので巻いている布がネクタイなのかベルトなのかわからないハンプティ・ダンプティ。アリスの手をつかんでものすごいスピードで走る赤の女王。双子のダムとディー。

私たちは、ノートにその絵を真似て描き、切り抜いて台詞を再現したりして遊んだ。双子のダムの方が行方不明（残った方の衿にディーと書いてあったから、消えたのはダムだった）になったので、途中から双子の片割れを捜す話へと、本来の話からどんどん外れていったが二人は夢中だった。

その友人は、その後、村上春樹にはまり、会えば彼がやっていた店「ピーター・キャット」の話ばかりした。その店のマッチ箱がチェシャ猫なのよと興奮して言うが、私は中学と同じノリにはなれなかった。村上春樹には何の興味も持てなかった。

私は友人を置いて、一人で不思議の国から帰ってきてしまったのだろう。でも、ときどきアリスのことを思い出す。舟の上で見つけた花が、手折るごとにみるみる萎《しお》れてゆくのを、でもかまわないわと思って、摘《つ》み続けるアリスが好きだった。

アリスの物語は、作者が子供たちとボートに乗っているときに即興で語った話が元だそうで、それは作者自身の詩「ある金色の昼下がりの思い出」の中に書いてある。アリスの話も、それを聞いていた子供たちも、それらを包んでいた金色の風景も、容赦なく流れる時間の中、すべては夢まぼろしになると嘆いた詩だ。

今はアリスではなく、天狗《てんぐ》とか狐を好む和風のダンナにハマっている。この人との暮らしも、また夢まぼろしのようにはかない。村上春樹も、彼は不滅だと言った彼女も、ダンナの買った狐の置物も、時の中にいる限り、キャロルの言うとおり等しく消えてゆくのだろう。でもかまわないわ、と私は思っている。


（「小説推理」２０２０・８）

今どきの怪談

夏といえば怪談である。年をとると怖いものがなくなってゆくというのは本当らしい。私の実家には幽霊らしきものが棲《す》みついていて、若い頃は怖かった。それが今では、壁の中で何やら話している声が聞こえると、思わず「あんたら、まだおるんかっ！」と一喝してしまう。すると話し声はぴたっとやむのである。まるで向こうの方が、私を恐れているかのようである。

電車の中で、隣の女性が化粧を始めた。マスクはしておらず、ケースの中の半分ぐらい使われている白粉《おしろい》を、パフで熱心にこすりつけている。この中の粉は、この女性の肌とケースとを行ったり来たりしているはずで、この人にとっては安全かもしれないが、他人にとっては不気味だ。開け放した窓から気持ちのいい風が車内に流れ込んでくる。そのつど、白粉もまた舞い散り、それが肉眼で見えてしまう。見えると怖いものである。そして、怖いと人は怒るらしい。私は、隣の女性に「危険だから、化粧はやめて下さい」と怒った声で言った。

幽霊と違って、生身の人間は、私のコトバなど恐れず、ふんっという顔で白粉のケースを閉じ、挑発するように口紅を塗り始めた。私は、まだ空中に舞っている白粉を目で追いながら、おぉっ、新しい恐怖の誕生だと感心した。

夜、歩いていると、歩道に若者がうじゃうじゃ集まっている。十五人ほどいただろうか。私が彼らを避けるために車道に出ると、中の一人が追ってきてカメラを渡し、撮ってくれと言う。何と懐かしい紙の使い捨てカメラだ。一枚撮って、もう一枚撮りましょうか、と私がカメラを構えると、若者たちが、私に向かって一斉に叫び出す。「回して、回して」と言っている。フィルムを巻くのを忘れていたのだ。ちゃんと写ってるかなと心配する私に、若者は紙のカメラをのぞき込み、「今チェックしますね、ハイ大丈夫です」と冗談を言って笑う。

家に帰って、そういえば若者たちは誰一人マスクをしていなかったことを思い出す。そして、使い捨てカメラの名前は「写ルンです」じゃなかったか。おぉ、まさに「伝染《うつ》るんです」だ。これって新しい怪談だぁと一人で盛り上がる。

私にだって、まだぞっとするものがあるらしい。

（「小説推理」2020・9）

過去を夢見る

「サンタクロースがいつまでいると信じていましたか？」という問いを聞くたびに、いると信じていた幸せな時間があった人たちのことを羨ましいと思う。私の場合、プレゼントを渡されるとき、必ず母親から念を押された。「これはサンタさんじゃなくて、お父ちゃんとお母ちゃんが買《こ》うたんやからね」と。

というわけで、私は夢を見るのが苦手だ。どうしてみんな、当たり前のように恋愛ができるのだろう。好きな人と会っているときは楽しいが、家に帰って鏡で自分を見るとうんざりする。どう見ても、華やかな恋愛とは不釣り合いの、どこにでもあるどんよりとした顔である。万が一、ハリー・ウィンストンの指輪をもらったとしても、それを身につけている自分を想像してうっとりできそうもない。そうだ、私はうっとりできない質《たち》なのである。脚本家という商売柄、イケメンの俳優と会うことがあって、それを同性の友人は羨ましがるが、そういうのも、私にはわからない。彼らと会ったからといって、私に何の関係があるというのだろう。

しかし、いいこともある。うっとりできない私は、幻滅するということがない。想像と違っていることに出会ったとき、面白いなぁと思ってしまう。それが、自分に不利なことだとしても、そうか、そうくるかと深く感心していたりする。

夢見ることは、どこかで見たようなパターンの組み合わせでできているが、現実の方は思いもよらないところへとのびてゆく。それは時として残酷だったり不条理だったりする。

人が夢を見ている間、私はそんなどうしようもない現実を見つめている。そして頭の中で、どうしてそんなことになったのか気がつくとたどっている。この人は、何を考え、何をしてこうなったのか。今さら考えてもしょうがないことをくどくど考える。そういうことを繰り返していると、とんでもない優しさに出くわしたりする。それはいつも不意打ちで、人間の底知れぬ寛容さに思わず泣いてしまう。私も夢を見ているのかもしれない。もしかしたらこうだったかもしれないという夢。未来ではなく、今日出会った人の中に。

（「小説推理」２０２０・11）

謎の記憶

二歳の私を父が抱き上げた。天井にぶら下がった灯《あか》りが眩《まぶ》しかった。ということは、もう外は日が落ちていたのだろう。なのに、父も私もオーバーコートを着ていたので、どこかへ出かける前だったのだと思う。母が「内緒、内緒、内緒の話はあのねのね」と歌い、私の耳元で「どこ行くの?」とささやいた。私が「あのね、あのね、不二家でね、お子様ランチを食べて、大きなミルキー買ってもらうの」と答えると、父と母は目を見合わして、ふふふと笑い合った。よくある家族の風景だろうに、鮮明に覚えている。父母は、嬉しい秘密を共有しているように見えた。

その後の私の記憶は、不二家ではなく、人がいっぱい集まっている場所で、私は大人に囲まれ、たくさんのズボンと革靴があるなぁということしか覚えていない。あれは何の集まりだったのだろう。

同じ頃、神社のようなところで、私は父に抱かれ、坂道に立っていると、こちらに向かって次から次へと人が上ってきて、私の頭をなでた。みんなニコニコと笑っていて、父は誇らしげに私の頭をみんなに差し出すのだった。

私は長編小説を書くのが苦手だ。伏線を張ると、それを全部回収しないと気がすまない。つまり、何か意味ありげなことを書くと、それをどこかでちゃんと説明したいのである。長い小説になると、それが難しい。出版社の人に、長編の場合は書きっぱなしでいいのだと言われ、私は驚いた。だって、読者は気になるんじゃないですかとたずねると、いや人生もそういうものでしょう、すべて答えがあるわけじゃないし、と言われた。

なるほど、私の不思議な記憶も、本当にあったことかさえわからず、謎のまま終わってもいいのか。というか、人生とはそういうものなのだろう。

それでも、私はつじつまを合わせたいらしい。幸せそうな顔で私の頭をなでてくれた人たちの期待を裏切りたくないと、どこかで思っている。みんなに幸せになってもらいたいと、けっこうマジで思っているのは、この謎の記憶のせいかもしれない。

（「小説推理」2020・12）

これでおしまい

マクガフィンという言葉を知っているだろうか。アクション映画なんかで、敵と味方が入り乱れ、必死に奪ったり奪われたりするものが出てくる。たとえば、ダイヤモンドだったり、機密書類だったり、そんなのを映画監督のヒッチコックはマクガフィンと呼んでいた。元々は誰かの造語らしいのだが、私にはそれが「幕がFin」と聞こえる。「Fin」というのは、フランス映画の最後に出てくるやつで、日本映画のいうところの「完」である。

このマクガフィンというのは、よくわからなくてもいいものらしい。映画『レイダース』に出てくるアークと呼ばれる古ぼけた箱は、宗教に詳しくない私には、その有り難みがいっこうに理解できないが、そこまでして欲しがっているのを見せられると、こっちまで欲しくなってくる。最後は正義の手に渡り、よかったよかったと映画館を出る頃、何を取り合っていたかなんて、みんなの頭からはすっかり消え去っている。そうなのだ。マクガフィンは、映画が終わると消え去るものなのである。登場人物には死ぬほど重要かもしれないが、日常を生きる私たちにはまるで関係ないものだからだ。

しかし、このマクガフィンが現実に入り込んでくると、実にやっかいだ。残念ながら、それはすでにある。たとえば、聖地であったり、核兵器であったり、どこかの島であったり、それを持つことは日常生活には何の意味もない。しかし、宗教や思想で世界を統一させたいなどという物語を生きている人たちにとってみれば、ゴハンを食べることより重要なことなのだろう。こうなると、映画のように「完」という字が出てきてくれない。何世紀も戦っている人たちがいて、そのことによって日常生活を奪われている人たちが今もいる。憎しみと欲望の暴走のきっかけとなるものは必ずあって、とりあえずその中身を互いに検証し合うということはできないものか。物語は物語として、それぞれが胸に大事にしまい、現実の方は互いに譲り合えないものだろうか。

現実のスクリーンに「完」という字が、どーんと大きく出てくるのを、私は待ちわびている。

（「小説推理」２０２１・１）

わかれ道

私が六歳ぐらいの時、母が子供用のスプーンとフォークのセットを買ってきた。柄《え》にマンガのキャラクターがついたもので、当時としては珍しい物だったと思う。お金のない家だったので、そんなものは買ってもらえないと諦めきっていた娘を不憫《ふびん》に思ったのか、母は時々こういう買い物をした。しかし、私と妹に一セットずつ買うのはきびしかったのだろう、私はスプーン、妹はフォークを与えられた。

私はそれで何でも食べた。妹の方はフォークで何でも食べていた。私のは黄色いサロペットを着たリスの絵がついていて、その塗料が剝げた感じとか鮮明に覚えているが、妹が使っていたのが何のキャラクターだったのか、まるで思い出せない。

覚えているのは、妹の凄まじい食欲だ。なにしろフォークなので、お菓子でも惣菜でも、あっという間に口に入れてしまう。私はぐずぐずと、スプーンですくいながらいつまでも食べている。すると、私の皿に妹はフォークを突っ込んできて、たちまち食べ物をさらってゆく。こういう場合、スプーンはあまりにも不利だった。フォークを持つ妹は悪魔のようだった。私が取られまいと大慌てで残りの惣菜を手摑みで口に放り込むと、妹は私の口を無理やりこじ開けて奪っていった。

あの頃の妹は、私の持っているものを、何でも欲しがった。何かしらの不安を抱えていたのかもしれない。そういえば、妹は私が友人と写真に写っていることさえ許せなかったらしく、私以外の人間の目を、画鋲《がびょう》でことごとくつぶしていた。今、その話をすると、本人はまるっきり覚えていない。その後の彼女は大きな犬を飼い、テニス、スキー、ウィンドサーフィン、着物の着付け、ギターと、やりたいことをやり続けている。

大きなスプーンでアイスを食べていると、自分が子供の頃に戻ったような気になって、とても満ち足りた気持ちになる。フォークを使っていた妹にはこんな感じはないのだろうか。もし、私がフォークで妹がスプーンだったら、立場は逆で私が欲しがる側になっていたのかなぁと思ったりする。一見どうでもいいような出来事が分かれ道になったりするのかもしれない。

(「小説推理」2021・2)

台所の穴

「あれが、恋に落ちるということか」と茶碗を洗っていて突然気づいた。もう十年ほど前の話である。相手は、今住んでいる部屋の内装をお願いした建築家の女の子だ。内装が終わるまでの数カ月ほどの付き合いなのだけれど、ほぼ毎日ふたりでランチやお茶に行ってはよくしゃべった。仕事以外のこと、特にどういうケンカをしてきたかで大いに盛り上がった。武勇伝を競い合ってはしゃべり、笑い転げた。次から次へと話は途切れることがなく、どんな話題も楽しかった。

女の子だし、きっと相手も恋だとは思っていないと思う。だけど、誰かと出会ってすぐに、あんなに楽しく過ごしたことは今までになかった。まさに落ちたという感じだった。

そのときの私は、同じお金を遣うなら、おもしろいことをしたかった。内装工事は仕事というより遊びだと思っていて、ふたりであれこれアイデアを出し合うだけで楽しかった。

話してきたことが形になり、ほぼでき上がりに近い状態になったある夜、彼女から電話がかかってきた。まだ現場にいるらしく、彼女は台所に穴を開けたいと言った。穴を開けたい場所は、今日、職人さんにきれいにタイルを貼ってもらったばかりである。その職人さんは、棟梁が連れてきた人である。彼女の言っていることが無茶苦茶だということは、素人の私でもわかった。

「お金のことは私が何とかしますから。ここに穴を開けたいんです」

そうしなければ明日にでも地球が滅びてしまいそうな勢いだった。いいわよと私は電話を切り、次の日、現場に行くと、台所の流しの上のあたり、ちょうど目線にくる場所に、すでに横四十センチ、縦三十センチほどの穴がぽっかり開いていた。貼ったばかりのタイルは無残にも剝がされていた。しばらくすると、棟梁がやってきて、穴と彼女を見るのだが一言も発しない。彼女の方も一歩も引かないという顔で、私は二人にはさまれ、ただただいたたまれなかった。

台所で洗い物をしていると、その穴から車いすのダンナの頭がすっと横切ってゆくのが見える。さらにその先にベランダがあり、そこから向かいのマンションの窓が見える。明るい窓、薄暗い窓。光の色も暖かいの青っぽいのと家によってそれぞれ違う。そういうのを見ながら台所仕事をしていると、こんな細々《こまごま》とした家の用事もまた世の中とつながっている大事な仕事のように思えてくる。

彼女とは、その後、ときどき会う。家に来てもらって一緒にゴハンを食べることもある。そのとき彼女は、とても大事そうに壁やら棚をなでて帰ってゆく。私の恋は終わったのだろう。彼女と会えば楽しいし、おしゃべりも前のままだ。けれど、彼女は大学の准教授で、建築の仕事の方も忙しいようだ。私の方もまた仕事がたまる一方で忙しい。二人ともちゃんとした大人になってしまった。

出会った頃、彼女は何かを打ち破りたかったのではないかと思う。私もまたそうだった。穴を開けるのを台所に、というのは意味があると思う。それはいまだに女性の砦《とりで》と思われている場所だからだ。事実、私はここでダンナと自分の食事を三度三度つくらねばならないのだから。

彼女に一度、死にたいとつぶやいたことがある。「エーゲ海を見てからにしましょう」と必死に説得された。台所の穴を見ると、そのときのことを思い出す。彼女の穴は、非常識で、バカバカしくて、でも優しさに満ちあふれている。どんなときも、あなたは外につながっています、という彼女のメッセージに私は今でも泣けてくる。

今さら照れくさくて、ねぇあのとき私たち恋に落ちたよね、なんて聞けるわけないのだけれど、それは一生聞けない質問なのだけれど、あのときの私たちは青臭くて、ケンカっぱやくて、子犬のようにじゃれあいながら空を見て歩いていた。どう考えても、あれは恋だったよなあと、今でも思う。

(「天然生活」扶桑社　2018・10)

「好き」は無敵

テレビでやっていたヤクザ映画『緋牡丹博徒《ひぼたんばくと》』のラストシーンにしびれた。高倉健が、藤純子《じゅんこ》（富司純子《すみこ》）扮《ふん》するお竜《りゅう》の代わりに舎弟を刺し、その恨みをはらす。返り討ちにあって虫の息の健さんを抱くお竜が「私のために」と涙で言葉を詰まらせると、健さんが「いや、俺のためだ」と言ってこと切れる。この「俺のためだ」がとてもいいのだ。

映画を観てない人に、何だよそれと言われそうだが、ここに至るまでには健さんの葛藤がある。彼の中で絶対なのはヤクザの掟《おきて》で、弟分との絆も強い。なのに、お竜に出会ってから、自分が信じてきた場所が本当に筋の通ったところなのか揺らぎはじめる。そして、最後の最後に、自分が生きてきた世界を、正面切ってドスで突き刺してみせるのである。

先日、香港からファンレターが届いた。たどたどしい日本語だが、心を打つ内容で、本当に私たちの書くドラマが好きだという気持ちが伝わってくる。写真が同封されていた。高校のときのものらしく、見るからに仲の良さそうな三人が制服でポーズをつけて写っている。これは、私たちが脚本を担当したテレビドラマ『野ブタ。をプロデュース』の中に出てくるお決まりのポーズを真似たものだ。

笑い声まで聞こえてきそうな写真を部屋に貼り、私は返事を書き、そうだついでにドラマに出てきた紙製の野ブタ人形も送ってあげようと同封した。郵便局に持ってゆくと、「中は何ですか?」と聞かれた。ほんの少しの厚みだったが、手紙以外は通常のエアメールでは送れないらしい。「香港はうるさくなりましてね、いちいち開封されるらしいですよ」と言われ、中国の締めつけが厳しくなっている時期なので、他愛のない人形でも、相手に何か迷惑をかけるといけないと思い、あわてて窓口で開封して人形を抜き取った。

家に帰って、やっぱり小包でも送ってあげた方が良かったかなぁ、と女の子たちの写真を見つめる。この先、統制がますます厳しくなって、彼女たちは好きなものを好きなだけ観られなくなるのか。彼女たちの写真の端っこが、今、ちりちりと焦げはじめていると思った。もうすぐめらめらと赤く燃え、あっという間に、はじけるような笑顔が灰になってしまうだろう。それを、私はただ見つめているしかないのだろうか。

私は悔しかった。「好き」は私の中では無敵だ。これほど人を強くするものはない。その人に自信を与え、目は外の世界へと広がってゆく。偉い人は「好き」ってことを、なんでこんなに目の仇《かたき》にするのだろう。

好き放題されて困るのは、人から搾取することしか考えていない人間だろう。国民に、消費者に、できれば同じものを好きになってもらいたい。同じ方向をむいてもらった方が無駄なく一挙に利益を得ることができるからだ。そんなふうにして、ごく限られた場所にのみ富がたまってゆくシステムをつくろうとしている。コロナウイルスの流行はそのチャンスだと大国は思っている。右派も左派も覇権争いしか頭にない。

喫茶店に船の写真が飾ってあった。大きく左へ曲がろうとしている。しかし、その船は前と後ろが同じ形になっていて、見ようによっては後ろ向きに来た水路を逆戻りし、大きく右に曲がろうとしているようにも見える。

そうか、どっちも同じなんだと思う。言論を統制して新しい陣地を取りたい共産主義国も、良かった時代に戻そうと白人主導の強い国を目指す資本主義国も、当初あった理念などとうの昔に捨て去って、縄張りを拡《ひろ》げたい悪役のヤクザと同じである。

健さんは、お竜さんが好きになり、彼女の生き方や、その彼女を支える人たち、その人たちが住んでいる長屋が好きになってゆく。何かを好きになると、それを取り巻くすべてが大切に思えてくる。健さんは、ここここそが自分の帰る場所なのだと理屈抜きで感じ、それらと共に生きてゆきたいと願ったのではないか。自分が嘘偽りなく生きてゆく場所を守りたい。「俺のため」とは、そういう意味だろう。ヤクザ映画だというのに、私にはこれが、俺は地球を愛しているというふうに聞こえたのだ。

好きを究《きわ》めることこそが、地球の平和につながると私は思うのだがどうだろうか？　だって、そこのあなた、人のものを奪うことが大好きだなんて、本当のところ思ってないでしょう?

(日本経済新聞　2020・8・2)

II

ぴったりの言葉なんて見つからない

亀梨和也（歌手・俳優）×木皿泉

対談

亀梨和也（かめなし かずや）

1986年東京都生まれ。KAT-TUNのメンバー。ドラマ『ボク、運命の人です。』『FINAL CUT』『ストロベリーナイト・サーガ』『レッドアイズ 監視捜査班』、映画『俺俺』『ジョーカー・ゲーム』『PとJK』『事故物件 恐い間取り』などに出演し、俳優としても活躍。2019年『Rain』でソロ・デビュー。

※この対談は、木皿泉著『ぱくりぱくられし』（2019年 紀伊國屋書店）の刊行を記念し、「ダ・ヴィンチ」（2019年10月号 KADOKAWA）誌上で行われた対談を再構成したものです。

写真／山口宏之

『野ブタ。』は亀梨さん演じる修二の孤独に支えられた

亀梨　僕にとって『野ブタ。をプロデュース』は特別な作品なんです。連続ドラマの初主演でしたし、放送から十年以上経った今でも話題にしてくださる方が多い。特にアジア圏では未だに人気が根強いのに驚きます。

——ラジオ番組『KAT-TUN亀梨和也のHANG OUT』の冒頭では、今も必ず『野ブタ。をプロデュース』の曲が流れますよね。

木皿　そうなんですか！

亀梨　僕にとって何ものにも代えがたい財産だと思っているので。十代で木皿さんの作品に出ることができてよかったね、と業界の方々に言っていただくことも多いですし、僕自身、そう思います。木皿さんの書く深みのあるセリフを、若かったからこそ反射神経で口にすることができましたし。人生も演技もそれなりに経験を積んだ今なら、たぶん同じセリフでも、もうちょっと深読みして、発するときにも意味をこめてしまうだろうなあと。

木皿　わかります。つくりこんじゃいますよね、きっと。

亀梨　「人に嫌われるのってさ、怖いよな」ってセリフも、身体の中で寝かせていない言葉

というか、修二が感じたままの温度で出せたのがよかったんだろうなと。もちろん、当時も自分なりに解釈しようとしていたけど、大人になってから脚本を読み返してみると、こんなにもさらりと深みのある言葉が書かれていたのかと、より沁《し》みるんですよね。

木皿 嬉しいです。『野ブタ。』は私にとってもゴールデン二作目で、アイドルの方にあてて書くのも初めてという挑戦の多い作品だったので。しかも、私たちは夫婦で脚本を書いているんですが、前年に脳出血で倒れた夫の自宅介護が始まったばかりで、脚本もギリギリになってしまい……亀梨さんも、まさか初主演であれほど過酷な現場になるとは思っていなかったですよね。

亀梨 それも含めて貴重な経験でした（笑）。朝八時に現場入りして、みんなで脚本が送られてくるのを待って。「届きました！」って送られてきたのがシーン35とかで、前後の様子がわからない。結末がわからないから両パターン撮っておきましょう、って監督が言うので……。でも、ほとんどのシーンが制服だったので助かりました。これで衣裳替えがあったら大変（笑）。

木皿 最初は、脚本を書いてもみなさんがどういうお芝居で返してくるか見えないでしょう？『野ブタ。』は修二のモノローグが多かったけど、亀梨さんがどんなトーンで語るかなあと実は気になっていた。ところがオンエアを観てみたら、ものすごくよくて。修二は全方位に気を配ってうまく立ち回ろうとするぶん、耐えていることが多い。その表情や物言いにきゅん

としちゃって、どこまで耐えさせることができるだろうかとそそられた。

亀　梨　みんな自由で楽しそうだなあと思っていました（笑）。

木　皿　最終的には、人気者から嫌われ者に転落するしね。かわいそうだなあと思いつつ、途中からは亀梨さんにあれを言わせたい、やらせたい、と刺激されながら書いていました。

――印象に残っているシーンはありますか？

木　皿　七話のラストに「ノブタに抱きしめられて、初めてわかった。オレは、寂しい人間だ」という修二のモノローグがあるんですが、最初はＮＧが出たんですよ。土曜九時帯のドラマは子供も観るからわかりやすいほうがいい、あまりに詩的すぎる、って。でもどうしても入れたかったから「曲の歌詞だと思って入れてほしい」って押しとおした。

亀梨　実際、そのセリフの直後に曲が入りましたもんね。

木皿　そう。曲のように言わせてもらった。絶対にカッコイイと思って書いたセリフだったから。実際、亀梨さんが言ってるのを見たら想像以上で、「やったぜ！」と喝采しましたね。

亀梨　それもやっぱり、よぶんなものを背負ってない僕だったからよかったんだろうと思います。寂しい、という言葉の純度が高くなった今の僕ではきっと、あんなふうには言えないなあ。

木皿　逆に、監督はものすごく深読みしてくれて、文化祭で使った小道具のコウモリにも、修二の二面性を暗示していると思ってくれていて、私が「そんなに深い意味はないから！」って言うくらい扱いにこだわってくれた。純真な若者たちとバランスがとれてよかったのかもしれないですね。

亀梨　一話は、修二が家の屋上で歯を磨くところから始まるじゃないですか。きらきら太陽を背負っていた修二が、やがて公園でひとり考え込むようになる――回を追うにつれて彼が〝下りて〟いく感じをどう演出していこうか、というのを含め、監督が細かく説明してくれたのも勉強になりました。上から下りてくる人、下から上がってくる人、横から入ってくる人、そのすべてが交わって成長していく物語でしたが、作品の本質に僕ら自身の共感や成長を乗っけることができたのも、よかったんじゃないかなと思います。

木皿　描いているうちに、人の寂しさがテーマになっていったのは、修二役の亀梨さんが引き出してくれたから。みんな「こうくるとは!」と盛り上がりながら観てくれたけど、そりゃそうですよね、書いている本人にも先が見えていなかったんだから(笑)。こんなにドキドキしたことは他にないし、私にとっても青春のような作品です。

もどかしさを持つことが表現者の進歩の証

亀梨　ご夫婦で書かれるときは、一話ずつ交替するんですか?

木皿　書くのは基本的に私のほうですね。『野ブタ。』は二〇〇五年十月期のドラマでしたが、夫が退院したのは同年四月。ものすごく快復しても車いすとベッドの半々ですよと言われていたので、最初は仕事を受けるのを迷ったんです。でも、今やらなかったらきっと来年も再来年もできないんじゃないかなと思ったし、引き受けることによって、夫にもメジャーな仕事をしているんだという責任と自信が生まれていいかもしれない、と思った。ベッドの上で夫の思いつくアイデアを私が受けとり、だーっと書く……というスタイルは『野ブタ。』以降定着しました。そうそう、「ノブタパワー注入」というのも彼が考えたんですよ。

亀梨　そうなんですか!

木皿　彰《あきら》の「ノブタを、オレだけのものに、したい」「本当は、誰かに見られるのもヤなんだよッ！」ってセリフも、彼の案。それを言わせちゃったら後の展開が大変だからいやだ、と私は言ったんですが、締切が迫ってくるので仕方なく……。

亀梨　『ぱくりぱくられし』でも、旦那さんがアイデアマンだって書いてありましたね。「ボクには、書けないっていうのは、よくわからない」っていうのがすごいと思いました。

木皿　人の気を惹くことが好きだから、新しいものをどんどん見つけて生み出していくんです。今は記憶力も衰えてしまったけれど、本を読むのが大好きで、どこにどんな資料があるのか、家の本棚はおろか近所の書店のことも覚えている。テーマも、彼が思いつくことが多いですし、わが家の知恵袋的存在です。ただ、一つでも矛盾が見つかると解消するまで先に進めなくなってしまうんですよ。その点、私は「バレなきゃいいからブルドーザーのように書くべし」というタイプなので、『野ブタ。』以前から夫がインプットで妻がアウトプット、というスタイルではありました。

亀梨　「書く」っていうのは、言葉にならないイマジネーションを形にしていく作業じゃないですか。どうしてもぴったりの言葉が見つからないときは、どうしているんですか？

木皿　むしろ、見つからないときがほとんどですね。常に言葉にならないものが自分の中に渦巻いているから、なかなか形にならない。だけど嘘はつきたくないし、どうにか近いものを見つけられないかとギリギリまで考え続けていると、ふっと渦の中から浮かび上がってくることがあるんですよ。この場面にはこのセリフしかない、というものが。そういうものは、書くとみんなが褒めてくれますね。

亀　梨　思いどおりにならないことのほうが多いんですね……。

木　皿　どうしても表現できないものがある、というもどかしさこそクリエイターには大事だと思います。決して具現化できないものに、それでも自分の表現を近づけていくことが芸術でありパフォーマンスであると。自分の表現に対する違和感がなければ進歩はない。それすら持たずにクリエイターと名乗る人のなんと多いことか（笑）。

亀　梨　悩むのは、進歩の過程にいるということなんですね。

木　皿　そう。そしてそれは、死ぬまで続く。

亀梨　死ぬまで、ですか。

木皿　だって一生、ぴったりの言葉なんて見つからないし、それは誰にもわかってもらえないんだもの。私たちは、誰もわかってくれないんだってことをずっと言い続けているだけだと思うなぁ。わからないかもしれないけれど、伝えたいという気持ちがあって、そういうところにオリジナリティってあるのかなぁと。自分だけの問題だと思っていたことも、掘り下げていくと実は普遍的なものとしてお客さんの共感や感動を呼ぶことができる。だから、言葉にできないもやもやしたものや違和感、わからないと思うことは全部、大事にしたほうがいいと思います。亀梨さんは、どんなふうに歌詞を書かれるんですか？

亀梨　友情や恋愛などテーマを決めて、自分の心にある言葉を書き出していくんですけど、最近は辞書を引いたりして、ふだん自分が使わない言葉も使うようにしています。根底にある伝えたいことっていうのはそうそう変わらないから、語彙《ごい》がないとどうしても表現が似通ってきてしまう。僕はどうも「手」を使いたがるくせがあるらしいと最近気づきました。その手を離したくないとか、君の手のぬくもりとか。

木皿　それ、絶対に何かあるはずだから、考えてみるとおもしろいですよ。子供の頃の思い出とか、心象風景とか。私は「川」を絶対に入れるんです。あとは「ケーキ」。特別感のあるイメージが好きなのかもしれません。

亀梨　そういえば『野ブタ。』では、ケーキ嫌いの修二のために、彰とノブタが校庭に大きなケーキの絵を描いていましたね。そういうイメージの渦の中から、数々の名言が生まれるのか……。

木皿 名言じゃないよ（笑）。役者さんが言うから素敵に聞こえるだけで、全部ふつうの言葉。

亀梨 そんなことないですよ！『野ブタ。』で修二が父親に「出張ばかりで会えない母親と結婚した意味あるの？」みたいなことを聞いたとき、「オレのカッコイイとことか、情けないとことか、下らないとことか、全部知ってる人がさ、この世のどこかにいると思うだけで、オレはいいの。それで充分なの」って返すのが、ああ、愛だなあ、ってすごく印象的で。でもそのセリフは、その立場にいる修二の父親にしか言えないんですよね。同じように、修二も彰もノブタも、全員のセリフが他の誰にも代わりがきかない。そうやって、作品の本質となる大切なことを、登場する全員がいろんな角度から伝えてくれるのが本当に好きなんです。

明日を生きる救いとなる居場所を見つけるために

木皿 亀梨さんをすごいなと思うのは、スターなのに顔を消すことができるところ。たとえば高倉健さんは、どんな役を演じても「高倉健さんの作品」になるでしょう。それはスターだ

からしょうがないんだけど、亀梨さんは違う。スターなのに、演じるときは「亀梨和也」が消えている。

亀　梨　自分がスターだとは思いませんが、いちばん努力している部分ではあります。ジャニーズ事務所の看板を背負う時点で、僕が何をしてもどうしてもイメージが乗っかってしまうから。若い頃はありがたいことに『野ブタ。』をはじめ、「亀梨和也」のストロングポイントを反映した役をいただくことが多かったので、自分の延長線上で演じることができた。でもそれだけではだめだ、自分を消す作業ができるようにならなきゃ、と思うようになりました。特に最近いただく役は、「亀梨和也」のままではだめだと思うものが多いので。

木皿　難しいですよね。「亀梨和也」を見たい！というお客さんも大勢いるから。でも、期待されるカッコよさを裏切らず、亀梨和也でありながら亀梨和也ではないという演技ができているから、すごいと思いますよ。

亀梨　そう……なんでしょうか。とくに連続ドラマに出るときは悩みがちで。観る人によっては役に反映されるものを僕自身の〝今〟としてとらえてしまうでしょう。自分を消すことで演技の評価をいただけると嬉しいけれど、あまりに「亀梨和也」を消しすぎるのはよくないんじゃないか、という葛藤が常にあるんです。

木皿　私たちの商売ってできたもので勝負というか、世に出た仕事だけが評価の対象じゃないですか。アイドルとして求められているものをやり続けているだけでは、のちのち大変だろうなあと思う人もいるけれど、亀梨さんにそれはない。『野ブタ。』の頃から思っていたけど、亀梨さんは差し込み口がたくさんあってどこにでもつなげられる感じがします。

亀梨　どこにつながるか、つまりどんなお仕事と出会うかによって、求められるものも変わってきますよね。

木皿　そうですね。やっぱり私も、お客さん第一だから、望まれているものを書きたい。どの時間帯に放送されるか、というのも書くうえでは考えます。でもそういう枠をとっぱらって好きなことをやりたいっていう気持ちもある。ときにその二つは矛盾するかもしれないけれど、どちらかを切り捨てなきゃいけないということはないんじゃないでしょうか。「亀梨和也」のイメージも全部消す必要はなくて、「亀梨和也」じゃない部分を少しずつ育てていけばいいんじゃないのかな。どちらの自分も一緒に成長していけばいい。大丈夫ですよ。あなたは名前に寄りかかって仕事をする人ではないし、たぶん世の中の人もみんなそう思っているはずだから。

亀　梨　ありがとうございます。難しいですね、自分の理想とするものと求められるものを両立させていくのは。

――木皿さんは〈すべては、自分の問題を解決するために書いている〉とエッセイでおっしゃっていましたが、同時に〝お客さん第一〟とされるとき、どういう方々を想定されていますか。

木　皿　私は、自分の居場所を探す話を書くことが多いんです。『野ブタ。』は、修二と彰、そしてノブタが屋上という三人だけの居場所があるから学校に通うことができる、という話でしたよね。その前に書いた土曜ドラマの『すいか』の主人公は信用金庫に勤めるまじめな女性だったんですが、下宿屋の同居人が制服の裏にド派手なアップリケをつけてくれたことによって、つまらない仕事だけの日々に逃げ場を自分は持っているんだというふうに変わるんです。居場所というのは、物理的な空間である必要はなく、それさえあれば煮詰まった日々も乗り越えられるという救いのようなもの。現実の中で見つけられず迷子のような気持ちになっている人たちも、ドラマの些細な描写に笑ったり泣いたりしながら、ほっとした気持ちになってくれたらいいなと思っています。それができる私たちの仕事は、とてもいいものだなあとも。

亀　梨　エッセイにも、誰かの居場所がそこかしこにちりばめられているなと思います。ただ、気持ちが心の内側にばかり向いていたら、本当の居場所を見失うんだろうなあ、とも。せっかく自分を求めてくれている場があっても、「ここは本当に自分の居場所か？」って疑っていたら、心が遠く離れてしまうじゃないですか。

木　皿　そういうこと、よくあるんですか？

亀　梨　若い頃は五万五千人のお客さんの前に立てば、その瞬間から「みんなの亀梨和也です！」ってきらきら輝くことができたんですが、最近は、その場にいられることが心底嬉しい反面、「どうして僕はここにいるんだろう」ってふと我に返る自分も存在していて。どうして昔みたいに「ここが俺の居場所なんだ！」ってシンプルにいられないんだろう、って思ったりはします。

木　皿　フィクションは、現実を生きる人たちの息苦しさをほんの少し和らげることができる。そのことで私たちの存在意義も生まれ、駆けつけてくれるファンとか、会えるはずのない人たちと会うことができる。フィクションを生み出すことで現実とつながる私たちと、現実を生きるためにフィクションとつながる人たちが一瞬出会う。すごく幸せな循環のなかに、私たち表現する者たちはいるんだと思う。ファンが思うような人であり続けたい。でもそれは、本当の自分とギャップがある。表現者の悩みですよ。

亀　梨　そうか。迷ってていいんですもんね。死ぬまで。

木皿　ファンは寛容です。変わってゆく亀梨さんも見たいんです。私の言葉、信じて！（笑）。

亀梨　ありがとうございます。今日は『野ブタ。』の頃に気持ちが戻ったせいかお悩み相談になっちゃった（笑）。またぜひ、お仕事ご一緒させていただけると嬉しいです。今の僕なら木皿さんのセリフをどう演じられるのか、挑戦してみたい。

木皿　こちらこそぜひ。今日はありがとうございました。

Ⅲ

結局はやりたいと思う気持ち

——インタビュー

ずいぶん前から一緒だった気がする

――「木皿泉」は夫婦ユニットのペンネーム。ドラマ『すいか』『野ブタ。をプロデュース』など、老若男女を楽しませる物語のつくり手として、本を読むのも大事な仕事のひとつ。出会う前から本でつながっていたというのも二人らしいエピソードです。

わたしたちは、読む本に関しては本当に節操がないんですよ。夫のトムちゃん（務さん）は、小説以外の本は、読みたいところだけ読む。スイカの先っちょの赤いところだけ食べる、みたいな。知識の収集が好きなのね。昆虫採集みたいに、新種の虫が出てきたらパッと採りに行く。新しい情報や知識を見つけたらバーッと本を読んで、自分の中で系統立てて体系化する感じ。パソコン検索みたいに、「これは」って聞いたらすぐに出てくるから便利ですよ（笑）。

あまりに本が増えすぎたんで、この間思い切って二千冊売りました。さすがに全部なくなっちゃうと悲しむと思ったから、時代劇とSFとお笑いと詩の本だけ残して。それでもまたバンバン買うから、わたしが棚に置いてた可愛らしいお人形さんを「これ片付けて」だって（笑）。せっかく減らしたのに。

結婚前から、お互いに持っている本が重なってたんですよね。誰も持っていないだろうと思ってた、ユングとかの共著の『トリックスター』っていう本を彼も持っててびっくりしました。昔、大阪の紀伊國屋書店の芸術や芸能のコーナーによく行ってたんですけど、その棚にラブレーについての本があったんです。ずっと見てて、これ売れないだろうなあと思ってたんだけど、ある日なくなってて。あとからわかったのは、トムちゃんが慢才作家志望の人に、ラブレーがいいってずっと言ってたんだって。その影響でその人が買ったことがわかった。同じ時期に同じ空間にいて、同じものをいいと思っていたのに、一度もそこでは会わなかった。三十歳過ぎてから出会ったんだけど、そんな縁もあってずいぶん前から一緒だった気がするんですよね。

どっちのアイデアかわかんない

——作品を生み出すに当たっては、主に務さんがインプット、妻の年季子さんがアウトプットという役割だそう。感性と表現したいものが近いあまり、インプットもアウトプットも、もはやどちらのものかわからないほど。二人で一人、を体現しています。

トムちゃんは本を読むとメモし続けてますよ、タイトルとかちょっとした言葉とか。わからない言葉があると辞書を引いて確認したり。知識を深めていくというよりも、蓄えちゃうんじゃないかな。その点、わたしは難しい言葉が出てきても、何となくこんな意味かなと想像しながらとばし読みしちゃう。

シナリオとか小説とかを書いているとき、いちいち説明しなくてもわたしが何を悩んでいるかわかるみたい。ある作品を書いてるとき、この場面で花を出したいんだけど何の花がいいかなって聞いたら、「サクラ草」って即答で。あとから考えてみると、ホントにピッタリでね。だいたいのストーリーは話していても、ウチの作品って細部に意味がこめられたりしているから、どういう内容か説明するのが難しいし、そもそも要約できないんですよね。でも、わたしが書きたいものはわかるんでしょうね。

二人で本を読んだり映画を観たり、それについて話したりしながら作品をつくっているから、ある時からひとつひとつの要素がどっちのアイデアかわかんなくなっちゃったんですよ。二人とも、自分が書いた文章への未練がないからどんどん上書きしちゃう。そうしているうちに、二人が考えること、書くことが近くなっちゃった。わたしはトムちゃんが嫌がることは絶対に書かないですし、彼が読んで「いやあ、ええなあ」と言うことしか書かない。わたしもそれがいいと思っているから。

トムちゃんは、できたものをじーっと読みながら酒飲むのがすごい楽しみなの（笑）。「感性が合うわあ」とか言いながら。トムちゃんの感性が、わたしの中に染み込んでいるくらいいっしょにいるから、自然にそうなるんでしょうね。

〝うやむやの作家〟になりたくない

――NHKのコンクールで入選したラジオドラマの脚本を、若い書き手にパクられた経験を持つ年季子さん。書き手と相手の会社を訴えたのは、作品を守るためであり、またプロとしてこの仕事を続けたいと思う自分自身のためだったそうです。

はじめは、裁判する気なんて全然なかったんです。でも、それまで「人の作品をパクるなんてけしからん」って言ってたNHKの副部長が、わたしの知らないところで相手の制作会社と話をつけたらしく、態度がコロッと変わって、制作会社も突然強気に出てきた。水面下で手を打ったことが許せなくて「訴訟します」って言ったら、「裁判するなら、覚悟してくださいね」って。「それは〝干す〟ってことですか」と聞いたら「そうです」と。それでキレた。だって、OLをやめて最初の作品ですよ。才能だけで、実力だけでやっていく世界に入ったと思ったのに、あんたたちのやってること違うじゃんって。

ある先輩作家に相談したら、その人が泣きながら「わたしも同じようなことあったけど、ガマンしなきゃ」って言うんです。退路を断ってここにいるわたしに、そんなこと言わないでよって思った。うやむやにしたら、うやむやの作家になってしまう。だから、やるところまでやって、裁判長に決めてもらおうと思って。結局、二、三年かかったし、お金もたくさんかかったけど、やってよかった。本当に干されて、他の仕事もなくなったけど、それも書く仕事の一部だから全部ひっかぶろうと思えたし。

今だったら、訴えないと思います。自信があるし、そんなにわたしたちの書くものが好きなのね、だからパクるのねって思うから。でも、一度パクるとクセになるから、気をつけたほうがいいよね。節操なくパクった場合は、それにとらわれて身動きできなくなる。ちゃんとした作家になろうと思うなら、自分のために、パクるのはやめたほうがいいです。

書き手の思いをくんで演じてくれた

俳優さんって、脚本を誰よりもよく読んでいるよね。とにかく読解力がすごい。脚本以外の資料本も読んでるし、文章を理解する力が全然違う。仲里依紗《なかりいさ》さんとか、天性の反射神経があるような人は脚本をもらった瞬間にわかっちゃう。だから、書いた方も、どんな演技でどんな映像になるんだろうって楽しみなんです。

シナリオは設計図で、お金も時間も決まっている中でそれを形にしてくれる人たちがいる。だから、現場の人たちが「このシーンを撮りたい」と思ってくれるようなものを書きたいと思ってます。『Q10《キュート》』っていうドラマを書いてるときに、一度書いたセリフを変えちゃったことがあって。スタッフは誰も気づかなかったのに、その役の女優さんだけが「前と違いますけどどうしますか」って。完全にわたしの勘違いだから「前の通りでいいです」って言ったんだけど、「作家の先生が今書きたいことがこれなら、これを演じます」って。カッコいいでしょ！　セリフが長くなったのに、その場で覚えてくださった。嬉しかったです。

人の想像力っておもしろいですよね。同じ脚本でも、監督や美術さんはそれぞれのイメージを持っていて、「ここはこうしたい」「こっちはこうしたい」と、みんな違うらしいです。誰もが真剣だから、打ち合わせにすごく時間がかかるそうです。書いたものを尊重してくれる人たちと仕事ができているのはありがたいですね。

そういう作品って、見る人にも伝わるんですよ。視聴者をあなどってはいけない。ちゃんと見抜かれてます。やりたいと思う気持ちがいい作品を生むと信じてます。

（「サンデー毎日」毎日新聞出版　2019・9／22〜10／13　全4回）

Ⅳ 現実から物語へ、物語から現実へ

書評

虚構に対して不寛容な世間

ミヒャエル・エンデの『**はてしない物語**』（上田真而子《まにこ》／佐藤真理子 訳　岩波少年文庫）はファンタジーの名作で、私に物語に入り込むおもしろさを教えてくれた本である。それと同時に、世間がいかに虚構に対して不寛容かを教えてくれたのも、この一冊だった。

この本について、小学校の教師たちが不健康な物語だと評している記事を見つけた。主人公は物置で本を読みふける。やがて、彼はその本の中の人物とかかわりを持って活躍してゆくのだが、それは主人公の想像だけの話でそれが良くないと言う。子供は外に出て体を動かすもので、何の行動も起こさず、物置で本を読み想像するだけの少年をよしとするような話はダメだと言うのだ。これは三十五年前の話で、「おたく」と呼ばれる人たちはすでにいたが、今ほど理解されていない時代だった。

今やフィクションは、細かく切り分けられて日常に紛れ込んでいる。スマホでゲームやマンガを、場所を問わず楽しめる。ネットショッピングでおびただしい商品を検索するだけで満足してしまうのもフィクションの一種かもしれない。

それでも、いやそれだからこそか、リア充（現実世界《リアル》が充実している人）には負けるという意識はまだ強い。現実ではなく、仮想《バーチャル》で満足するのは下層だと、みんなどこかで思っている。

通り魔もそう考えて実行する。なぜリアルはそこまで偉いのか。

厳格な事実こそが正義か

エッセイ本の中で、新幹線の窓から麦を踏む人を見たと書いたら、アマゾンのブックレビューに、それはウソだ、作者は油断のならないヤツだと書く人がいた。ウソの根拠を並べ、何が何でもウソは許しません、というような文章だった。

私が新幹線の窓から見たのは、両手を後ろに組んで横に移動しながら何かを踏んでいる姿だった。踏んでいたのは麦ではなかったかもしれない。しかし私には、その動作があのお馴染みの麦踏みにしか見えなかったので、そう書いた。仮に、その光景が私の想像であったとして、それの何が許せないのだろう。

こんなどうでもいいエッセイにまで厳格な事実こそが正義だと言わんばかりの書きように、これが今の世の中なのかとため息が出る。

私の好きな話がある。カナリアが家にいると言い張る小学生がいて、同級生たちが、じゃあみんなで見にゆこうということになる。いや、今日は無理だ、ちょっと待ってくれと言う。何日か後、いいよと言うのでみんなで見にゆくと、紙でつくったぼろぼろのカナリアが、これまた手製のぼろぼろの鳥籠の中にいたという話である。

カナリアがいるというのはウソである。しかし、カナリアがいてほしいと願った彼の気持ちは、本物なのではないか。もし、このシチュエーションをおもしろがり、誰かが「名前は何ていうの?」と聞けば、あたかもカナリアはそこにいる体《てい》で、ごっこ遊びが始まり、その後の雰囲気も、ウソをついた彼の立ち位置もまったく違ったものになるだろう。ガチガチに見える現実も、私たちがその気にさえなれば、変えることも可能なのである。

私たちの書くドラマは、そんなふうに現実を少しずらしてみせるものが多い。生きづらい現実は確かにある。その中にみんながこうであればいいのに、と思うようなウソを投げ込み、それを何人かで共有することができれば、その空間だけは、数字だけがモノをいう、がんじがらめの現実と何とか対等にやり合ってゆけるのではないか、と考えるからだ。

フィクションをあなどらない

私たちが『すいか』というテレビドラマを書こうと思ったのは、バブルは崩壊したのに、まだ気分的には消費至上主義で、「なんだかんだ言っても、お金が欲しいくせに」と言われれば、黙ってしまうしかない頃だった。反論すると、「またまた無理をして」と言われてしまう。だから「そうじゃないんだ」ということを、ドラマでやってみようと思ったのである。しかし、そんなことを一回やったくらいではどうにもならないだろうと思っていた。最低、三回ぐらいやらないと伝わるわけがないと思っていたのだ。しかし視聴率こそ悪かったが、このドラマは一部の人に熱狂的に支持され、それは徐々に広がり続け、十六年経つ今もそれは続いている。

私自身、フィクションというものをあなどっていたのかもしれない。ある時期、商品名に「〇〇物語」とつけるのが流行った。商品スペックで謳《うた》う性能や見た目の差異で売ることが限界にきていたのだろう。消費させる側は物語の想像力に目をつけたのだ。フィクションほど人を熱狂させるものはないのである。

虚構とは何か

そもそも物語は上に立つ人のものだった。大きな物語をつくって多くの人を動かしてきた。宗教や革命がそうだし、資本主義はサクセス・ストーリーで成立している。しかしグローバリズムの世界は、そういう大きな物語すら使い果たしてしまった。なので、今は数字だけの、つまり何もかも同一単位で表される身も蓋もない世界に私たちは生きている。

フィクションにそんな現実を覆す力があるのかと思う人は、ケンダル・ウォルトンの『フィ

クションとは何か　ごっこ遊びと芸術』（田村均 訳　名古屋大学出版会）を読んでほしい。虚構とは何かを実に丁寧に解説してくれている。様々なジャンルのフィクションについて、その原理まで事細かに説明している。

また、フィクションといわれても、雲をつかむような話で捉えどころがないと思う人は、三浦俊彦の『**虚構世界の存在論**』（勁草書房）はどうだろう。諸説を上手に整理しているので、虚構というものを体系的に見ることができる。

名づけるということ

個人のものと思われていた恋愛の物語もまた消費しつくされ、陳腐なものと成り果ててしまった。だから、恋愛をテーマにしたテレビドラマを書けと言われて、困ってしまった。すれ違いとか誤解とかそんな話ではなく、その人でなければダメだという話にしようと思った。その時、アーシュラ・K．ル＝グウィンの『**影との戦い　ゲド戦記1**』（清水真砂子 訳　岩波少年文庫）が頭をよぎり、そうだ名前だ、と思いついた。この話は、名前がとても重要な役割を果たしているからである。これは私に「私」というものを気づかせてくれた物語だった。恋愛ドラマを書くなら、私が「私」であるというところをまず書かねばならないと思った。そして、そのためには、「あなた」がいなければならないのだと主人公が気づく、そういう話こそが恋愛ドラマなのではないか、と考えた。ロボットと高校生の話ということが決まり、ならば主人公が、ロボットに名前をつけるところから話を始めるべきだろう。それが、テレビドラマ『Q10』である。

Q10はロボットの名前なのだが、私が何げなく口にしたものだった。が、一旦名づけてしまうと、まだ原稿が一枚もできていないのに、もうまるであたかも実在するかのように、みんな「Q10がさぁ」と、当たり前のように話し出したことに驚いた。作者の頭の中にさえ、まだイメージが固まっていないというのにである。名づけるとは、この世の一員として位置づけることなのだと私は思った。私もまた、名づけてもらった瞬間から、この世の一員なのだ。私だけではない。この世のすべての人がそうなのだ。そして名づけてもらった以上、この世にやらなければならぬことがあるはずで、それはすべての人がそうなのである。

数値化からもれるもの

災害や事故、あるいはテロで亡くなった人が数字で示される。その度に、私は何かに納得できない気持ちになる。その人たちは、この世でやらねばならぬことがあった人たちで、それに向かって努力したり挫折したり、泣いたり笑ったりしてきた人なのだ。それなのに、数字というバーコードで一瞬のうちに読み取られ、消費されてゆくようなものになってしまった気がして、それが悔しいのだ。

数字は便利なものだが、その背後にある物語を見えなくしてしまう。人を数字に置き換えたとたん、それは利用する者には消耗品にしか見えなくなり、どこまでも無神経になれるのではないか。詐欺や悪徳商法がそうだ。戦争もそうだろう。テロや通り魔も犠牲者の数にしか興味がない。ちゃんとした企業や学校や行政だって成績や予算という数字を人に貼りつけて管理し、そこからもれてしまうものは切り捨てる。自分たちの都合のよい効率だけを考えて、数字に置き換えるとどんな残虐なことでもできてしまう。数字で管理するのが当たり前の世の中で生きていれば、私だって、周りの圧力や、自分自身の不安に押しつぶされて、人にひどいことをしてしまうかもしれない。

でも、私はそれをしない。私には『影との戦い』という物語があるからだ。この本が私の中にいて、自分の不安をまっすぐに見据えて戦えと、私を奮い立たせる。そして、人を数字に換えるのが当たり前の世の中なんかに、絶対に負けるものかと思う。ウソだと思われるかもしれないが、物語は、それほど強い力を与えてくれる。

居場所を見つける

『影との戦い』が、「私」というものを気づかせてくれた物語なら、作家としての自分を目覚めさせてくれたのは、フィリパ・ピアスの**『トムは真夜中の庭で』**（高杉一郎 訳　岩波少年文庫）だろう。

これはそれまでに読んだどの物語とも違っていた。時間と空間が自由に行き交う。それなのに構成が見事で、読み終えた時、私もこんな話を書きたいと願った。話の中に出てくる庭に私も立っていた、としか思えなかった。月の光や白い息がとける冷たい空気、しめった葉っぱをたしかに感じた。活字を並べただけで、こんなことができるのかと衝撃だった。

ここに出てくる夜の庭こそが、私の居場所だと思った。『トムは真夜中の庭で』は、登場人物が居場所を見つける話である。それは何も現実にある場所でなくてもいいのだと、本は教えてくれる。それが私には救いだった。まだ子供の私は、自由にどこでも行けるわけではなかったからだ。ここにいながら、時間や空間を越えて居場所を見つけることができるというのは、コミュニケーションが苦手で楽しい子供時代を送ることができなかった私にとって新大陸発見だった。ダンナもまた、四歳のときポリオにかかり障がい者として生きるために自分で居場所をつくり続けてきた人だった。私たち夫婦にとって、居場所はとても大きなテーマなのである。

私たちが書いた『すいか』というテレビドラマの中で、信用金庫に長年勤めてきた主人公の制服の裏に、普通ならあり得ないようなアップリケを縫い付けた。職場で煮詰まっていた主人公は、たったそれだけのことで居場所を手に入れ救われる。居場所は、必ずしも場所である必要すらないのである。ちょっとした物の見方で人は救われたり救われなかったりするわけで、それを見つけるのが私たちの仕事である。

物語とバリエーション

『ナショナル・ストーリー・プロジェクト』（柴田元幸ほか 訳 新潮文庫）は、ラジオ番組で一般の人から募った短い実話をポール・オースターが選び、それをまとめたものだ。これを読むと、人がどんなふうに救われたかを知ることができる。そこには様々なバリエーションがある。大きな物語を失った私たちは、こんなふうに一人ひとりが、生きていくための物語を見つけているんだなあと思う。

本当の話が持っている力は強いが、私たちが誰でも、そんなに都合良く自分に必要な出来事に出会えるわけではない。実は私たち日本人は、まだ消費されていない物語を持っている。落語である。この落語、実話を元にしたものではなく、まったくの作り話から始まったのではないかというのが中込重明《なかごみ》の『**落語の種あかし**』（岩波現代文庫）である。作者は落語の源流をたどってゆくのだが、これが大変な作業で、よくもまあここまで調べられたと感心する。私たちは、こんなに大きな財産を引き継いでいるのである。話というものは生き物で、こんなふうにどんどん転がって太ってゆくものだということも改めて知った。この先も、私たちに必要な話に形を変えてゆくことだろう。

先人たちがありとあらゆる話をつくってきているので、今さら新しい物語をつくるのは難しい。世界中にあるストーリーのモチーフは分類すると八つぐらいしかないという人もいる。斬新な話をつくっても、共感してもらえなければ何にもならない。

ヘヴァリー・ムーン編の『**元型と象徴の事典**』（橋本槇矩《まきのり》訳　青土社）は、人が共通して持っているイメージとシンボルを世界中の美術品などを事例にとり説明したものだ。どんな突飛な作品であっても共感してもらえる点がある。それは、みんなが共通して持っているイメージをどこかに残しているからだと思う。ちなみに歌舞伎の『義経千本桜』には日本人の好きなものが三つ入っているらしい。「桜」と「すし」と「狐」である。

どこにもない世界をつくる

私はストーリーをつくらない。つくるのは世界である。みんなが共通して持っているイメージを使いながら、どこにでもありそうで、実はどこにもない世界をつくることに苦心する。見ている人に、自分の居場所を見つけるヒントになるような、そんな世界だ。

しかし、まったく何もないところから世界をつくるのは難しい。カート・ヴォネガット・ジュニアの『**スローターハウス5**』（伊藤典夫 訳　ハヤカワ文庫）は時間を行き来するSFだが、ベースになっているのは作者自身の戦争体験である。つまり、生きてきた現実と作家の幻想が有機的に関連づけられた世界なのである。

死を背負う

阪神・淡路大震災で、私たちが過ごした街が壊れてしまった。私とダンナの実家はヒビが入った程度で済んだが、家が全壊し家族を失った友人もいる。あまりにもたくさんの人が亡くなり、自分の無力さを思い知らされたので、私はこのことを生涯書けないと思っていた。しかし、ダンナに書いてみればと言われ、『カゲロボ』という小説の最後の章に、私の見た被災地を書いた。二十四年経っているのに、何も忘れていなかったことに驚いた。そして、この話を書いたことで、私は少し救われた。自分は糸と針で、人の傷口をふさぐために生きているのだということを書いているうちに気づいたからだ。物語は読む人だけではなく、書く者をも救ってくれる。

傷口をふさがねばならない人が、この世にはあふれている。生きている人もそうだが、大きな災害や事件、事故があるたびに、亡くなった人の居場所の話もまた書かねばならないのではないかと考えるようになった。

宗教が持っていた物語が脆弱《ぜいじゃく》になってしまった今、死という現実も個人で背負わなければならない。大事な人を失った喪失感をどうやって一人で癒やすのか。不条理としか言いようのない状況に立たされた時、どうやって一人でしのぐのか。そのための物語が、私たちに必要なのではないか。

折口信夫《しのぶ》の**『死者の書』**(角川ソフィア文庫ほか)は、死者と生者と神と仏が同じ次元に存在する小説だ。こういう不思議な話が、たぶん現在の価値観では理解できないような話が、いまも本屋に並んでいることに、私は安堵を感じる。物語の力を信じている人が、まだどこかにいるということだからだ。

ドラマの中で、こんな私でもいていいんでしょうかと問う主人公に「いてよし」というセリフを書いた。その後、たくさんの人にこのセリフがよかったと言われた。つまり、そう言ってほしい人が山のようにいるということである。先日、「いてよし」を社名にしたいという人から手紙をもらった。人を助けるための会社らしい。私は「やってよし」と返事を出した。

現実だけでは辛いから

フィクションはフィクションのまま終わらない。誰かが願えば現実へと流れ出す。私たちは世の中を変えたいと思って書いているわけではない。夕日を見ながら、今日も無事に一日が終わったなあとほっとしたり、朝日を浴びながら、よし新しい一日が始まるぞと自然と足が速くなる。そういう人が一人でも増えればいいなと思って書いている。現実だけではあまりに辛い世の中だからだ。

あなたは現実を生き抜く。フィクションとつながりながら。私たちはフィクションを書く。あなたのいる現実とつながるために。

（「Journalism」朝日新聞社　２０１９・９）

V

すべては一回こっきり

ショートドラマ『これっきりサマー』シナリオ

これっきりサマー

○ 商店街

コロッケ屋の前の薫。ラジオでは甲子園の交流戦。

肉屋のおばちゃん「あんた、ほんまやったら今頃甲子園の土、踏んでるのになぁ。かわいそうになぁ。大人はムゴいことするわ」

ラジオ、盛り上がってる。

薫（モノローグ）「今年、コロナウイルス感染予防のため夏の甲子園がなくなった」

商店街を歩く薫。

薫（モノローグ）「野球部のオレは、もちろんショックだったが、それよりも」

洋装店のオジサンが服を上の方に吊しながら、

オジサン「三年か。ほうか、三年かぁ。最後のチャンスやったんやなぁ。そりゃ、かわいそうやなぁ」

薫（モノローグ）「つまりオレは、この夏、かわいそうな高校生で過ごさねばならないらしく」

○　河川敷

薫（モノローグ）「それが、うざい」

　　薫、苦悩の顔を自撮りしている。

薫「夏の甲子園がなくなり、これ以上かわいそうなヤツはいない十八歳、藤井薫です。（コロッケ食いちぎる）」

　　薫、振り返ると背中にギターの女の子（香）が、じっと見てる。

薫「！」

香「うざッ！（と言って立ち去る）」

薫「（あわてて）いや、違うから。オレ、思ってねーから。自分のこと、かわいそうとか、全然、誤解だし」

香「（ちらっと見て、そのまま行ってしまう）」

薫「いやッ」

　　遠ざかる香の後ろ姿。

薫（モノローグ）「なんて夏なんだよッ！」

○　河川敷

　　香、「これっきり、これっきり」と歌ってる。（『横須賀ストーリー』）ばったり薫と会う。

薫　「あっ！　あのさ（近づく）」

香　「なに？（あとずさり）」

薫　「なんであとずさり？」

香　「ソーシャルディスタンス」

薫　「あぁ（納得）あの誤解だから。オレ甲子園行けないこと、全然、苦にしてないっつーか」

薫　**（モノローグ）**「って、オレ何しゃべってるんだ？」

薫　「あ、オレのことなんて知らないか」

香　「伝説のエース、フジイカオル？」

薫　「伝説ってはやくね？（にやける）」

香　「フジイはスゴイ。この街から初めての甲子園出場だって、みんな騒いでた。でも、それが中止になって、あんたのことかわいそうだって」

薫　「それだよ、それ。オレ、全然かわいそうじゃないから。行けなくてせいせいしてるって言うの？　ほんと、ウソじゃなくて。みんなの期待デカ過ぎて、ちょっとほッとしてるんだよ、オレ。マジな話」

香　「何でそんなこと、私に話すの？」

薫　「は？　あ、いやぁ」

香　「つまり、街中の人があんたのことを誤解してるってこと？」

薫　「うん、そう、それ」

香　「でもって、それをぶちまける相手が、私以外いないってか？」

薫　「え？」

香　「あんた、かわいそうなやつだな」

薫　「！（絶句）」

香、「これっきり、これっきり」と歌いながら去ってゆく。

薫　「ち、ちょっと待って！　え？　オレ、そうなの？（追いかける）そーゆーやつなの」

薫　（モノローグ）「なんて夏なんだ？」

○　河川敷

座っている香。

香　「夏フェス行きてぇ。夏フェス行きてぇ。あ〜っ、夏フェス行きてぇよッ！」

香、じっと見てる薫に気づく。

薫　「学校は？」

香　「真夏にガッコーって、ありえん」

薫　「だよな（も座る）と言って他に行くところもないんだけど。夏フェスって何？」

香　「知らないの？　さっすが。ロック歌手が集まる野外ライブ」

薫　「あぁ、そっちも中止なんだ」

香　「だけじゃない。一緒に行く友だちが引っ越した。お父さんの会社がうまくゆかなくなって、連絡取れない。（ため息）なんだろうね？　この、何もかもうまくゆかない感じ。大人の都合っていうの？」

薫　「じゃなくて、地球の都合じゃねぇの？　オレたち、ここに住まわせてもらってるわけだから、地球に合わせてゆくしかねぇんじゃないのかな」

香　「――かっけぇ。大人の都合とか言ってる私、すげぇダサい」

薫　「夏フェス、やろうか？　つまり、野外でロック聴きゃあいいんだろう？　まぁ、二人だけど」

香　「いいの？」

薫　「あぁ、その友だちのかわりにはなれないけどな。（空を見て）かわりなんてないよなぁ」

香　「（も見て）うん、ないよねぇ」

インサート。野球グラウンド、道具類が納められている様子。

薫　**（モノローグ）**「そうだ。かわるものなんて、どこにもない」

香　「カオルフェスだね。私の名前も香だから。思い切ってTシャツつくるか」

薫　「えッ！　オレたち、おそろい着るの？」

香「（怖い顔）だって、夏フェスだよ」
薫（モノローグ）「なぁんて夏なんだよぉ」

○河川敷
夜。同じTシャツで、イヤホンでロックを聴くノリノリの香、無理してそれを真似ようとする薫。

薫（モノローグ）「中止になった夏フェスを二人でやることにしたが、それは思ったより恥ずかしく、今、とっても後悔している」
知ってるオバサンに会釈する薫。

香「（イヤホン取って）後悔してる？」
薫「え？　いや、全然。こーゆーの楽しいよなぁ。ははは。そっちこそ、のれないんじゃない？　オレみたいなのだと」
香「E.T.って知ってる？」
薫「E.T.？　映画？　子供が宇宙人を家に帰してやる話だっけ？」
香「あんたと私は、異星人だよね。私、野球のどこがいいのか、全然、理解できない」
薫「全然なんだ。そうなんだ」
香「そっちも、ロックのこと、全然でしょう？」

薫　「まぁな」

香　「でもさ、あんたは知ってるんだよね。ロックが私の帰る場所だってことを。そこへ、帰そうとしてくれたんだよね。（夜空を見上げる）あれしよう、あれ」

香、人さし指を差し出す。薫も指を出して、先が触れる。

二人、なんか照れて笑う。

薫（モノローグ）「それは、満塁ホームランを打った後のハイタッチのようだった。オレたちはともにあるという、静かな静かなハイタッチだった」

香、消毒綿を出してきて、薫の指先を拭く。

薫　「何？」

香　「除菌」

薫　「（猛烈に恥ずかしい）いいって」

薫（モノローグ）「なんて、夏なんだろう」

○　河川敷

薫とイヤホンをつけた香。

薫　「好きなんだなぁ、ロック」

香　「じゃなくて。今年の夏の甲子園」

薫「は？　やってるわけねぇじゃん」

香「甲子園初出場の神川高校と星流高校の試合は土壇場で大きな場面を迎えました。9回裏1アウト満塁、4対3、1点を追う星流高校が1打サヨナラのチャンスです。バッターボックスには、星流高校の4番中村ユウタ。マウンドには神川高校のエース藤井薫。1ボール1ストライクから第3球投げました！　ストレート、打ちました！　ファール！　ボールカウント1ボール2ストライク、追い込まれました星流高校の中村ユウタ。神川高校にとっては、初勝利まであと1球。ピッチャー藤井、セットポジションから第4球投げました！　打ちました！　ライトに上がった、高く上がってる。犠牲フライにはどうか！　ライト少し下がる、打球が落ちてきた。捕った。アウト！　2アウト！　3塁ランナー、スタートを切った、ライトからバックホーム、良いボールが返ってきた、3塁ランナー滑り込む――がタッチアウト！　試合終了！　神川高校、粘る星流高校を振り切って、甲子園初出場勝利をあげました！　――夏フェスのお返し」

薫「オレ、本当は、甲子園行きたかった」

インサート。金網ごしで見ている香。商店街の人。子供。等々。

香「みんな知ってるよ。行けなくていちばん悔しいのは、藤井薫だって。（笑って）私も知ってた」

薫**（モノローグ）**「オレは、このとき、コイツに見事にタッチアウトされたわけで、こんな夏はもうないだろう。これにかわる夏なんて、あるわけない」

香　「ねぇ、タッチアウトって何？」

薫（モノローグ）「なんて、なんて、なんて夏なんだ」

［了］

（ＮＨＫ総合　２０２０・８・17〜21　全５回　関西地域放送
２０２０・８・22　まとめ版　全国放送）

あとがき

船を見送る人を見るのが好きだ。桟橋の先端に集まって、きっと何か意味があるのだろう、長い棒に色とりどりの旗をつけたのをいつまでも振っている。出発するとき、船は大きく旋回したものだから、白い泡がリボン状になって、これもまたいつまでも名残惜しそうに漂っている。船体が小さな影になっても、人はまだ立ち去らず、ただひたすら水平線を見つめている。

スマホを開けばすぐに連絡の取れる今の世の中に、まだこんな別れがあるのかと不思議に思うが、その場に立ち会えば、ＳＮＳにある文字や映像より、あるいは電話で話す音声より、はるかにたくさんのものが流れ出してくるのがわかる。別れがたい気持ちが、事情を知らない私にまで伝わってくる。

船がすっかり見えなくなって、人が名残惜しそうに散り始めると、港を見ていた私も腰を上げる。

公園の出口に向かっていると、スマホで自分の動画を撮っている人に出会う。絵になる風景の中、これまた絵になる人物になりきって、長い髪を潮風になびかせている。たった何秒かの映像のために何度も撮り直している。うまく撮れた映像は、雑誌やテレビで見たようなものにしかならないだろう。それがいいのだ。本人は、そういう映像を撮りたいのだから。きれいな風景に、きれいな私。何度も再生可能な私。自分が、今、一回きりの風景の中にいるなんて思ってもいない。

公園内にある、神戸港震災メモリアルパークの壁にそっと手を当てながら歩く。日差しを浴びた今日の壁の石はあたたかい。生きている人にさわっているみたいだ。あぁよかったと、わけもなく嬉しくなる。自分の手のひらより冷たいときは、申し訳ない気持ちになる。そんなことを思ったって何になるわけでもないのに、さわるたびにほっとしたり、ごめんねと思ったりする。

公園を出ると陸橋があって、そこになぜか間違い探しのように一枚だけ違ったブロックがはめ込まれている。フツーのは丸い鋲《びょう》なのに、それは花形なのだ。私は必ずその三十センチ四方の場所に立ち止まり、西を向く。生まれて初めてのフルコースを食べたホテルがその方向にあるのだが、今は別の建物にさえぎられてほんの少ししか見えない。見えないのに私はしつこくじっと見る。

五十五年前の夜、私たち家族は目いっぱいのよそ行き姿だった。父の知り合いの社長さんに招待されたホテルのてっぺんにある回転するレストランの中は、すべてがまばゆかった。銀のスプーンやフォークに、磨かれたグラス、それに白いレースのテーブルクロス。しかし、それより私が心を奪われたのは、神戸の港の夜景だった。レストランは少しずつ回転して、風景を変えてゆく。点々と散らばる光を見ながら、向こうから見ている人がいれば、自分もまた光の点なのだと思った。自分がこの夜景の一部であることが、とても幸せな気持ちにさせた。

陸橋の上で、私の記憶は音楽のようにとりとめもなく流れ出す。あぁ、そうかと思う。船を見送っていた人も、きっとこんな感じだったのかもしれない。

回転レストランの部分は老朽化したのだろう、今は撤去されてその姿はない。でも、私はあのレストランは回転し続け、遥か彼方《かなた》へ飛んで行ったんだと思っていて、子供の私が今もどこかで光っているのだと信じている。

陸橋を降りると、旧居留地だ。有名ブランド店のウィンドウは、すべてをやりつくして、もう何をしたらよいのかわからなくなったのか、奇抜な服のマネキンが並ぶ。

ドルチェ＆ガッバーナは、どう考えても私の趣味ではないが、妹に何か買ってあげたくなって一度だけ店に入ったことがある。妹の息子がここのブランドが好きだったことを思い出したからだ。買い物に便利な大きめのトートバッグにしようと思っていたのに、最後の最後になって、マネキンが首からぶら下げていた、とても小さなお人形さん用ぐらいの大きさのバッグにした。子供の頃、私も妹も小さなものがとても好きだったことを思い出したからだ。口紅とハンカチぐらいしか入りそうにないそれは、無駄遣いを許せない妹から見れば無意味な買い物だと怒るに違いない。しかし、ドルチェ＆ガッバーナの物だと知ったら意味を持つものになる。息子やその嫁に自慢できるからだ。バカバカしい話だなぁと思った。私は、自分は無駄なく利口に世間並みに生きていると思い込んでいる妹に、そのバカバカしさを贈りたくて、バッグの箱にリボンをかけてもらった。妹をバカにしたかったわけではない。諭したかったわけでもない。私の真意なんて伝わらなくてよいのだ。誰かに、お前らほんっとにバカバカしいよな、と言いたかっただけなのだ。

この通りでは、花嫁花婿姿の二人がプロの人に写真を撮ってもらっている。旧居留地もまた絵になる風景なのだ。この人たちも、何かを残しておきたいのだろう。人から羨んでもらうカタチで。人から見れば、この人たちのお金の遣い方は賢く、私はバカに違いない。

大丸の横を抜け、右に折れて阪急電車の高架下に入る。そこでトミーズというパン屋であんこの入った食パンを買い、さらに坂を上ってゆくと生田《いくた》神社で、そこを左にまわってゆくとチキンジョージというライブハウスがある。

私は、一度だけ入ったことがある。NHKの偉い人に呼び出された日だった。コンクールで受賞した私の作品が、どう考えても盗作されているとしか思えず、そのことである制作会社ともめていたのだ。その会社はNHKの出入り業者で、裏で何かの話があったのだろう、その偉い人に、裁判を起こしたら二度とこの世界で仕事ができないようにしてやると恫喝され、その帰りに知人と待ち合わせをしているチキンジョージに行ったのだった。悔しさで、私の中には音楽が入ってこず、かわりに涙があふれそうになる。地下にある小さな箱の中は、大音響だというのに、私は一人でいるかのようだった。一人で静かに泣いていた。今でもそのことを思い出すからか、このライブハウスの前を通るたびに、誰でもいいからこの箱の中を音楽で満たしてやってくれと思う。

ＮＨＫの偉い人は、今は退職しているはずで、私は彼の言葉どおり干されたが、それは泣くほど怖いことではなかった。

私は港でひろった小さな十字架、おそらく元はイヤリングか何かのパーツだろう、それをチキンジョージの入り口に置いてゆく。もう泣くなという意味を込めて。

さらに坂を上ってゆくと、警察と税務署があり、韓国領事館に突き当たる。その横手には昔、ダニーボーイというパブがあって、いつか行きたいと思っていたのに、いつの間にかなくなってしまった。今は細長い駐車場と、これまた細長いマンションが並んで建っていて、うちの窓からもこの二つの建物がよく見える。その姿は漫才師のコンビみたいに見えるので、私は彼らをダニーボーイズと呼んでいる。それはダンナの介護ベッドの上からよく見える。その後ろはすぐ山になっていて、そこに夜になると舟のカタチのイルミネーションが灯される。

お風呂上がり、チョコがパリパリにコーティングされたアイスを食べながら、その舟を見るのが好きだ。夜の十一時にそれは消える。消えた後も暗い山をじっと見つめている。今日見た、港で船を見送る人のように。今日という日を名残惜しむ。そして、私たちの書いたものが、あの山に灯る舟の光のようであればいいのにと思う。誰かをどこかに運んでゆけただろうか。できれば、間違っていない道に。

今回、この本を出すにあたって双葉社の反町有里さんに信じられないほどの迷惑をかけてしまった。いつもは簡単にできることが、うまくできなくて、まぁそんな日もあると許していただきたい。反町さんには、心からの謝罪と感謝を。
私は毎日、これっきりと思いながら歩いている。そう思うと、やたらいろんなものが光って見える。そして、その光った何かをひろって、あなたの心の戸口にそっと置くだろう。私のために。あなたのために。みんなのために。

木皿　泉

二〇二一年　早春

木皿 泉◆きざら いずみ

夫婦で共同執筆の脚本家・小説家。夫、1952年生まれ。妻、1957年生まれ。共に兵庫県出身。テレビドラマの代表作として、向田邦子賞を受賞した『すいか』や、『野ブタ。をプロデュース』『セクシーボイス アンド ロボ』『Q10《キュート》』『富士《ゆうべ》ファミリー』、自身の小説を原作とした『昨夜のカレー、明日《あした》のパン』（本屋大賞第2位）など。他の小説に『さざなみのよる』『カゲロボ』、エッセイ集に「木皿食堂」シリーズや『ぱくりぱくられし』などがある。

木皿食堂《きざらしよくどう》4　毎日《まいにち》がこれっきり

2021年 3月21日　第1刷発行

著　者——木皿 泉

発行者——箕浦克史

発行所——株式会社双葉社

東京都新宿区東五軒町3-28　郵便番号162-8540
電話03(5261)4818〔営業〕
　　03(5261)4831〔編集〕
http://www.futabasha.co.jp/
（双葉社の書籍・コミック・ムックが買えます）

印刷所——大日本印刷株式会社

カバー印刷——株式会社大熊整美堂

製本所——株式会社若林製本工場

DTP——株式会社ビーワークス

JASRAC 出 2100615-101

ISBN978-4-575-31609-4 C0095